ANITA POLLAK / MANFRED A. SCHMID

ERZÄHL MIR LIEBE

ANITA POLLAK/MANFRED A. SCHMID
(Hrsg.)

ERZÄHL MIR LIEBE

Junge Liebesgeschichten

Anthologie

EDITION S

Edition S
Verlag der Österreichischen Staatsdruckerei

1. Auflage 1987

Graphische Gestaltung: Multi Art
Druck und Bindearbeit: Österreichische Staatsdruckerei
ISBN 3-7046-0063-6

Inhalt

GERHARD AMANSHAUSER

Nadja

Zu einer Zeit, als ich noch glaubte, es sei möglich, aus Worten komplizierte Romane zu konstruieren, hatte ich mir, um ein solches Buch zu vollenden, in San Lázzaro ein winziges Gebäude am Meer gemietet. Im Zeitalter der Produktion wird von einem Schriftsteller erwartet, daß er entweder gerade ein Buch vollendet hat (aber auch dann fragen ihn die meisten, was als nächstes herauskommen werde) oder daß er dabei ist, eines zu vollenden.

Da ich mich damals, im Interesse meiner Karriere, bemühte, dieser Vorstellung von einem Schriftsteller zu entsprechen, bearbeitete ich eine Schreibmaschine, deren Geklapper jedem zufälligen Passanten klar machte, daß hier eine bedeutsame Produktion im Gange war.

Ich dachte gar nicht daran, meine Leser mit einer spannenden Geschichte zu unterhalten. Schon das Wort spannend galt als unfein. Ganz im Gegenteil hatte ich mir vorgenommen, sie nach Möglichkeit zu befremden und zu quälen. Ich bemühte mich, aus Worten ein bestimmtes exotisches Gift zu synthetisieren. Wenn dieses Gift vielleicht auch nicht stark genug sein würde, den einen oder den anderen Leser zu töten, so sollte es doch wenigstens die Kritiker so benommen machen, daß sie nicht mehr umhin könnten, mir irgendeinen angesehenen Preis zuzuerkennen.

Ich hatte mir angewöhnt, von fünf Uhr nachmittags bis gegen Mitternacht zu schreiben. Jeder, der etwas Derartiges versucht, wird feststellen, daß er nachher nicht mehr einschlafen kann. Entweder beginnen die Wörter, im Gehirn eine eigenmächtige Orgie zu veranstalten, oder es steigen schwer verscheuchbare Vorstellungen auf, die sich mit dem Ruhm befassen, den die geschriebenen Seiten eintragen sollen.

Um diese lästigen Phantome durch Kühle und Bewegung zu vertreiben, liebte ich es, nach der Arbeit im Meer zu baden. Vielleicht fünfzig Meter vom Ufer entfernt ragte ein Felsbrocken aus dem Wasser. Er war von unten bis zur Wassergrenze mit schwarzen Seeigeln besetzt, und wer jemals mit diesen Stacheln Bekanntschaft gemacht hat, wird verstehen, was das bedeutete. Ich hatte aber bald gelernt, auch im Dunkeln, wenn der Seegang nicht zu hoch war, an einer gewissen Stelle, ohne mich zu verletzen, aus dem Wasser auf den Stein zu steigen, wobei ich immer wieder die gleichen Bewegungen ausführte wie ein Tier, das sich an die Umwelt angepaßt hat. Sobald ich auf dem Rücken des Felsbrokkens im nächtlichen Luftzug zu frieren begann, sprang ich ins Meer und schwamm zum Ufer zurück.

Abgesehen von dem Zweck, die unangenehmen Folgen des Schreibens zu beseitigen, war dieses nächtliche Schwimmen im Meer für den Binnenländer ein eigenartiges Erlebnis, weil doch der Ozean für ihn eine Fremde darstellt, die sich in der Finsternis noch verdichtet, wobei im Geschaukel der Wellen das Ungewohnte, vermeintlich Gefährliche und Unheimliche sich mischen und eine Wirkung hervorbringen, die insbesondere den Künstler verlockt.

Für den, der die Gewohnheit oder das Laster der Genialität angenommen hat, ist auch das Unmenschliche ein besonderer Reiz: die vollkommene Indifferenz des Ozeans, die den Menschen gleichsam überspielt, wenn sie aus unzähligen

Geräuschen und Bewegungen spricht, aus klatschenden, schlürfenden Lauten und jenem souveränen Schaukeln, das alles, was schwimmt, gleichgültig ergreift, sei es ein Weltwunder oder ein Korkstoppel. Vor allem nachts, wenn alle menschlichen Tätigkeiten und Geräusche ringsum verlöschen und das Licht sich verflüchtigt, gewinnt das Unmenschliche des Meeres die Oberhand.

Ich muß zugeben, daß ich mir von dieser Inhumanität etwas aneignen wollte und daß ich, Meersalz von den Lippen leckend, etwas davon in mein Buch zu bringen gedachte, um den Lesern den Boden unter den Füßen wegzuziehen und ihnen die unangenehme Ahnung einzuflößen, daß ihre Existenz zum Schaukeln und zum Scheitern verurteilt war.

Wenn der Brandungslärm vor dem Fenster ein gewisses Maß überstieg, wußte ich, ohne nachzusehen, daß die Wellen zu hoch gingen und ich nicht schwimmen konnte. In solchen Nächten half mir das dumpfe Stampfen und der hellere Laut des über den Sand gleitenden Wassers beim Einschlafen. Nach dem Schreiben öffnete ich das Fenster. Die Meergeräusche kamen ins Zimmer und schwemmten die unbrauchbaren Überreste der Nerventätigkeit aus meinem Gehirn.

An einem solchen Abend, als die Brandung besonders laut war und ich mich trotz des geschlossenen Fensters sozusagen inmitten des Ozeans befand, der mich von der Umwelt isolierte, während ich ein Wirrwarr aus Wörtern und Sätzen zu ordnen versuchte, wurde plötzlich an mein Fenster geklopft.

Einen Augenblick lang dachte ich an einen Überfall. Es war aber mein einstiger Schulkollege Steinwerder, dessen Auto ich überhört hatte, so daß ich nun staunend zusah, wie vor meiner Tür aus einem beleuchteten Sportwagen ein Mädchen ausstieg, dessen Schönheit mich in gewisser Weise demütigte.

Steinwerder, dem ich eigentlich nichts zugetraut hatte, war nach einigen Skandalen ein reicher und berühmter Maler geworden. Ich konnte ihn samt seinem stilisierten Künstlerbart und seinem Sportwagen zwar nicht ausstehen, doch hütete ich mich, ihn das merken zu lassen. Man weiß nie, wozu die Bekanntschaft mit einem Prominenten gut sein kann, und schließlich hatte mir Steinwerder, der sich öfters in San Lázzaro aufhielt, dieses Haus am Meer verschafft.

Wie an allen derartigen Männern blieben an Steinwerder jene Mädchen hängen, die man niemals in einem öffentlichen Verkehrsmittel oder in einem Liegewagen der Eisenbahn antrifft. Warum er nun diese neueste Freundin, die er mir als Nadja vorstellte, noch spät am Abend zu mir gebracht hatte, war nicht leicht zu erraten. Vielleicht wollte er nur meinen Neid erwecken, was ihm schließlich auch gelang.

Statt Nadja mit besonderer Aufmerksamkeit zu begrüßen, tat ich so, als ob ihr Erscheinen selbstverständlich gewesen wäre. Ich sprach kein Wort mit ihr, doch alles, was ich zu Steinwerder sagte, war gleichsam schielend gesprochen, als erwartete ich, daß meine Worte, infolge eines geheimen Nebensinns, einen unauslöschlichen Eindruck in ihr hinterlassen würden. Auch hoffte ich, daß mein Arbeitszimmer, in das sie nun eingetaucht war, sie mit verborgenen Kräften festhalten würde. Meine Bilder, meine Bücher und Manuskripte, meine Möbel, all diese in ihrer Ärmlichkeit originellen Gegenstände sollten sie fesseln.

Ein blasiertes Gelangweiltsein, das sie zur Schau trug, schien das Gegenteil zu bezeugen. Sie sah aus, als würde sie sich nur durch ausgefallene Dinge erregen lassen. Dieser Eindruck wurde noch durch ihr Make-up unterstrichen. Als Steinwerder aufbrach, verabschiedete ich mich von ihr wie von einer Fremden.

Einige Tage später ging abends ein schweres Unwetter nieder. In meinem kleinen einstöckigen Gebäude am Meer, das man fast eine Baracke hätte nennen können, fühlte ich mich unbehaglich und ausgesetzt, als könnte das ganze Haus jeden Augenblick vom Wasser unterhöhlt werden und davonschwimmen. Ich hatte bemerkt, daß die Ausläufer der höchsten Wellen nur wenige Meter von der Hauswand entfernt zum Stillstand kamen und sich wieder zurückzogen, wie Raubtierzungen, die eine Beute zunächst nur belecken.

Als dann plötzlich mit ungewöhnlicher Heftigkeit, ja mit Wildheit an meine Tür geschlagen wurde, zitterte ich vor Angst. Zu meiner Verblüffung stand Nadja vor der Tür, durchnäßt, zerrauft und offenbar angeschlagen. Eines ihrer Augen war blutunterlaufen. „Kann ich bei dir schlafen?“ sagte sie mit einer Entschlossenheit, die unter der glänzenden Schwärze ihrer nassen Haare fast bedrohlich wirkte.

Ich stand wie gelähmt. Es war mir unbegreiflich, wie ihre Augen diesen eindrucksvollen Zorn so unbeirrbar beibehalten konnten, noch dazu hier in meiner Wohnung, wo sie doch befürchten mußte, ich könnte sie fortschicken.

Ich ahnte, daß ihr Zorn von gewaltsamen Vorfällen ausgelöst worden war, die mir fremd waren, von Worten, die ich niemals in den Mund genommen hätte, von Handgreiflichkeiten, die ich mir einer Frau gegenüber nicht vorstellen konnte. Eine Art Neid erfaßte mich, als gäbe es besinnungslose und doch bezwingende Vorgänge, von denen ich für immer ausgeschlossen war.

Ich behandelte sie wie eine Somnambule, die man unter keinen Umständen befragen und aus ihrem Traum reißen durfte. Als sie „Schlafen, ich muß schlafen“ sagte, führte ich sie behutsam, mit einer Fürsorge, die ich gleichzeitig verfluchte, zu meinem Bett und zog mich aus dem Zimmer in einen kleinen Schuppen zurück, wo ein altes, halb zerfallenes Fischerboot lag. Dort stand ich zitternd im Dunkel und suchte mich zu fassen. Der Regen, der auf das Blechdach prasselte, und das Stampfen des Meeres kamen mir plötzlich so wirklich vor, daß ich das Erscheinen Nadjas für eine Sinnestäuschung hielt.

Nach einiger Zeit schlich ich vorsichtig wieder in mein Zimmer zurück, um mich von ihrem Hiersein zu überzeugen. Auf meinem Polster waren nur ihre schwarzen Haare sichtbar, deren Nässe das Leinen dunkler gefärbt hatte. Über den Korbsessel hingen ihr Kleid, ihre Strümpfe und ihr Strumpfgürtel. Ein peinigender Duft stieg mir in die Nase, während ich diese Dinge anstarrte. Schließlich löschte ich das Licht und kehrte in den Schuppen zurück.

Am späten Vormittag, als meine Schläfen von einem Sonnenstrahl erhitzt wurden, erwachte ich ganz zerschlagen im alten Fischerboot, benommen von der Nachwirkung des Schlafmittels, mit dem ich mich endlich bei grauendem Morgen auf meiner knarrenden Unterlage betäubt hatte. Als die Erinnerung mit einem Schlag zurückkam, rannte ich in mein Zimmer hinüber: Nadja war verschwunden. Auf dem Tisch fand ich einen Zettel: „Schau in den

Spiegel. N.“, rote, stark nach links geneigte, mit dem Lippenstift geschriebene Buchstaben.

Schau in den Spiegel? Diese Worte kamen mir zunächst wie ein Orakelspruch vor. Ich dachte an den Spiegel eines Gewässers, der teils die Dinge der Oberwelt wiedergab, teils Wassertiefen erkennen ließ, aus denen Nadja zwischen Schlingpflanzen heraufauchte, mit nassen Haaren und tropfenden Armen, die nach mir faßten.

Schau in den Spiegel? Langsam wandte ich mich dem wirklichen Spiegel zu, der über dem Waschtisch hing. Vielleicht hatte Nadja in der Nähe des Spiegels eine zweite Botschaft hinterlassen. Schließlich stand ich vor dem Spiegel und starrte mir selbst ins Gesicht: Auf meiner fahlen, verschlafenen Haut erkannte ich zwei frische, mit Lippenstift markierte Abdrücke von Nadjas Mund.

Der Himmel war an diesem Tag sehr rein. Von der nassen Erdkruste ging angenehme Kühle aus. Ich schwamm zum Felsblock hinüber. Bei meiner Rückkehr waren die roten Spuren auf meiner Haut getilgt. Langsam verbrannte ich am Strand das Manuskript meines Romans, ein Konvolut von Skizzen und ausgeführten Kapiteln, das erst nach einer halben Stunde gänzlich eingeäschert und mit feuchtem Sand bedeckt war. Dann ging ich ins Haus zurück und beschrieb auf wenigen Seiten mein Versagen.

URSULA ADAM

Die Brücke von Mostar

Agathe erwachte sehr früh. Schon eine Stunde, bevor der Wecker läutete, hatte sie die Augen geöffnet. Sie fühlte sich kein bißchen träge oder zerschlagen. Nachdem sie sich erhoben hatte, schob sie gleich den Vorhang beiseite und blickte neugierig hinaus: ein strahlend herbstblauer Tag kündigte sich an. Agathe stellte Kaffeewasser auf und ging ins Bad. Meist hatte sie kaum Zeit, sich zu duschen. Heute wollte sie sich den Luxus eines ausgedehnten Bades leisten. Sie stieg in die außen pastellgrün gekachelte Wanne und drehte den Wasserhahn auf. Während das warme Naß langsam ihren Körper emporstieg, verlor sich Agathes Blick im leeren Weiß des Badezimmers. Aus dem weißen Grund tauchte ein Bogen auf, von zwei Seiten wuchsen die Steine aufeinander zu, bis der Bogen geschlossen war. Agathe sah sich in einem weißen, luftigen Kleid die Brücke betreten, neugierig und aufgeregt setzte sie einen Schritt vor den anderen. In der Mitte der Brücke stand ein junger Mann, der eben dabei war, seine Kleider abzulegen. Agathe blieb stehen. Sorgfältig legte der junge Mann sein Gewand zusammen. Er lächelte und winkte Agathe näher zu sich. Sie wagte kaum, sich zu bewegen. Jetzt schickte der junge Mann sich an, auf das steinerne Brückengeländer zu klettern. Agathe folgte atemlos seinen Bewegungen: Oben angelangt, stellte er sich kerzengerade hin, hob die Arme über den Kopf und sprang lautlos in die Tiefe. Agathe lief zum Geländer und starrte ihm nach. Angestrengt richtete sie ihren Blick in die Tiefe, doch sie sah nichts als die weißen Fliesen ihres Badezimmers.

Jetzt aber los, dachte sie, ich habe es schon wieder geschafft, spät dran zu sein. Sie rieb sich trokken und schlürfte im Stehen ihren Kaffee. Dann schlüpfte sie in ihre Kleider, nahm die Tasche unter den Arm und eilte einem Arbeitstag entgegen.

Am frühen Nachmittag überfielen sie quälende Kopfschmerzen, ein so heftiges Hämmern und Schneiden und Stechen erfaßte sie, daß sie nicht mehr weiterarbeiten konnte. Solche Schmerzen hatte Agathe noch nie verspürt. Sie bat ihre Vorgesetzte, ausnahmsweise etwas früher heimgehen zu dürfen. „Sie sehen wirklich mitgenommen aus", sagte die sonst sehr mürrische Dame mitfühlend, „gehen Sie nur und legen Sie sich hin."

„Danke", sagte Agathe und verließ unter dem Getuschel ihrer Kolleginnen das Labor, in dem sie arbeitete. Kaum war sie ein paar Schritte auf offener Straße gegangen, waren die Schmerzen wie weggeblasen. Agathe atmete erleichtert auf. Ich werde mich noch ein wenig in der Stadt umsehen, dachte sie und schlenderte in Richtung der belebten Fußgängerzone. Sie genoß das Gefühl der kleinen, verbotenen Freiheit, die ihr da unerwartet zugekommen war. Ihr Blick erfaßte abwechselnd Auslagenfenster und Menschen. Niemand beachtete sie. Die Leute redeten aufeinander ein, wenn sie zu mehreren gingen, oder strebten allein ihren wichtigen Zielen zu. Vor dem Schaufenster eines Reisebüros blieb Agathe stehen. „Mostar — die Alte Brücke", las sie auf einem Plakat, das eine hellerleuchtete Brücke in Nachtaufnahme zeigte. Agathe sah sich das Bild näher an: die weißen Steinblöcke, an beiden Seiten Türme, das alte Gemäuer — und der Fluß glänzte schwarz. Kurz entschlossen nahm Agathe die nächste Straßenbahn und fuhr nach Hause.

Anderntags saß sie im Zug. Sie hatte geschickt und rasch alles Nötige erledigt. Mit wenig Gepäck und einigen gewechselten Scheinen hockte sie auf den rostbraunen Plastikbezügen eines rauchigen Abteils und überließ sich dem gleichförmigen Geräusch des dahinfahrenden Zuges, der sie unaufhaltsam entführte.

Spät in der Nacht hatte Agathe ihr Ziel erreicht. Sie war ein wenig eingeschlafen und taumelte eben noch im rechten Moment auf, packte ihre Tasche, und dann fand sie sich auf einem menschenleeren Bahnsteig wieder und suchte nach dem Ausgang. Vor dem Bahnhofsgebäude stand eine Gruppe rauchender Männer, die ihr etwas zuriefen in einer Sprache, die sie nicht verstand. Die Bahnhofsgegend wirkte ernüchternd auf Agathe. Sie hielt Ausschau nach einem Hotel. In einiger Entfernung bemerkte sie ein Schild, das schwer zu erkennen war, weil es keine Beleuchtung hatte. Gleich dort wollte sie bleiben.

Als Agathe aufwachte, war es sehr hell im Zimmer. Die Jalousien waren nicht zugezogen, und der kleine Raum war von warmem, gelbem Licht erfüllt. Es mußte wohl schon Vormittag sein. Draußen hörte sie Straßenlärm, Rufe, Autohupen. Vom Fenster aus sah sie das graue Bahnhofsgebäude. Es dauerte eine Weile, bis ihr der plötzliche Aufbruch und die Tatsache, daß sie in einem fremden Land war, zu Bewußtsein kamen. Sie wusch sich notdürftig — das Zimmer hatte nur ein Waschbecken — und schlüpfte in ein leichtes Sommerkleid. Dann verließ sie das Hotel. An einem Zeitungsstand kaufte Agathe einen Stadtplan. Von dort, wo sie sich befand, war es nicht weit zur Altstadt. Agathe folgte einer schmalen, unebenmäßig gepflasterten Gasse, die zum Markt führte, wo eben das letzte

Obst und Gemüse verkauft wurden. Hier trugen die Steinhäuser bunte Fassaden, die Fenster waren nicht eckig, sondern Bögen, die mit braunen Holzläden verschlossen waren oder auch offenstanden. Jetzt hörte Agathe schon den Fluß rauschen. Umsäumt von mächtigen Steinblöcken wälzte er sich unaufhaltsam dahin.

Und da war die Brücke, der kühne weiße Bogen, der die Verbindung des alten Stadtteils mit dem neuen herstellte. Agathe gestattete sich nur einen kurzen Blick — jetzt, wo sie angekommen war, wollte sie sich keinen Träumereien hingeben — und marschierte weiter durch das Handwerksviertel, die Brücke immer im Visier. Die kleinen hölzernen Läden boten wenig zum Verkauf: türkisches Kaffeeservice aus Kupfer, wollenes Selbstgestricktes, Schmuck aus Silber. Kein Glanz, keine Verführung, die Dinge lagen einfach da, und die Verkäufer, die gleichzeitig auch Hersteller waren, lächelten und arbeiteten ruhig weiter, während sie sich auf ein Verkaufsgespräch einließen. Keine Souvenirs, nur Dinge zum Benützen. Agathe erstand ein silbernes Ohrgehänge in Blattform, mit dem sie sich gleich schmückte.

Jetzt war Agathe am Fuß der Brücke angelangt. Die glattgetretenen Steinstufen stiegen bis zur Mitte an und fielen dann wieder ab. Mit unzureichendem Schuhwerk war es beinahe gefährlich, sie zu betreten. Am besten barfuß, dachte Agathe und zog ihre Sandalen aus. Warm und glatt schmiegten sich die Steine an ihre Füße. Sie spürte Wärme in sich aufsteigen und eine Leichtigkeit, die ihr Lust zum Laufen machte. Als Agathe die Mitte erreicht hatte, blieb sie stehen. Sie lehnte sich gegen die Steinmauer und blickte in den Fluß. Auf dieses Steingeländer war Verlaß, sie fühlte sich geborgen.

Agathe schaute auf die Rückseite des Stadtplans: „Die Alte Brücke“, las sie, „ein Meisterwerk des Baumeisters Hairudin, der 1557 mit dem Bau begonnen hatte, welcher neun Jahre dauerte. Die Brücke ist hoch und weiß, und der Besucher hat den Eindruck, daß sie von einem einzigen gigantischen Stein geschnitten wurde ... Die Steinblöcke sind untereinander mit eisernen Klammern verbunden, die mit Blei eingegossen sind. Man erzählt, daß der Baumeister während der Gerüstabnahme, von Zweifeln geplagt, aus Mostar geflohen ist.“ Agathe dachte an den Mann, der mit einfachsten Mitteln dieses imposante Bauwerk geschaffen und den am Ende doch der Mut verlassen hatte. „Ich stehe jeden Tag hier und blicke in den Fluß“, sagte eine Stimme hinter ihr. Agathe drehte sich um. Ein hochgewachsener, schlanker Mann in mittleren Jahren stand da, nach innen gekehrt, mit hängenden Schultern und einem verlorenen Blick. „Entschuldigung“, sagte er, „ich habe Sie schon eine Weile beobachtet. Ich heiße Janička, Josef.“ Agathe sagte nichts, sie musterte den Mann. Er sah nicht unsympathisch aus, aber er gefiel ihr auch nicht richtig, wie er so dastand, gedrückt, beinahe gepeinigt. Es schien ihn seine letzte Kraft gekostet zu haben, Agathe anzureden und sich vorzustellen. „Wollen wir einen Kaffee zusammen trinken?“ fragte er. Agathe zuckte mit den Achseln. „Meinetwegen“, sagte sie. Sie hatte sich sowieso nicht entschließen können, alleine ein Lokal aufzusuchen. Gemeinsam stiegen sie die Stufen hinunter, der anderen Seite zu. „Ich bin kein Aufreißer“, sagte Josef. Agathe lachte. „So sehen sie auch nicht aus.“ Seine Jeans, sein grauer Pullover und das verdrückte Hemd hingen wie zufällig an ihm, er hatte seine Kleider nicht wirklich an. Am Ende der Brücke führten einige Steinstufen gleich weiter hinauf zu einem viereckigen, weißgestrichenen Haus. „Das Kleine Café Cardak", sagte Josef, „hier trinke ich jeden Tag meinen Kaffee." Die Tür war nur angelehnt, und sie betraten einen winzigen Raum, aus dem ihnen laute Musik entgegendrang, gedehnte orientalische Rhythmen. Die Wände entlang führte eine honiggelbe Samtbank, davor standen holzgeschnitzte orientalische Tische und Stühle, beide in gleicher Höhe. Agathe und Josef setzten sich auf die Samtbank, hinter sich ein Fenster, das den Anblick auf Fluß und Brücke freigab. Sie bestellten Kaffee bei einer schwarzgekleideten, freundlich-gelassenen Frau, die sich daraufhin hinter einen Vorhang zurückzog, um das starke Getränk zu brauen. Sie hörten Wasser brodeln, und bald schob sich der Vorhang wieder zurück und die Frau servierte das Gewünschte.

Seit fast einem Jahr lebe er jetzt schon hier, begann Josef in die Musik hinein zu erzählen, es sei ein überstürzter Aufbruch gewesen, und er habe sein altes Leben zurückgelassen, zurücklassen wollen. Mehrmals täglich gehe er über diese Brücke, zu jeder Tages- und Nachtzeit habe er sie schon betreten, er kenne sie in jedem Licht. Am liebsten sei es ihm, wenn sich keine Leute auf der Brücke befänden, denn er habe immer Angst, daß er in seinem ungeordneten Gedanken- und Gefühlszustand die Brücke zum Einsturz bringen könnte. Er sei jedesmal erleichtert, wenn er drüben ankäme und die Brücke stünde noch. Oft habe er schon gedacht, er werde auf diese Weise den Tod finden, und er wolle die Leute immer warnen, gleichzeitig mit ihm die Brücke zu betreten, aber sie verstünden ihn nicht. Ob Agathe denn seine Angst nicht gespürt habe? Er sei froh, daß sie beide heil herüben angekommen seien.

Josef atmete auf und schwieg einen Moment. Dann fuhr er fort: Er sei beinahe so etwas wie ein Brückenfetischist, er habe Tausende von Brückenfotos bei sich zu Hause liegen, vor Jahren hätte er daran gedacht, einen Bildband herauszugeben, das sei aber an den Verlagen gescheitert. Er sei damals in eine schwere Krise geraten, und ein Freund habe ihn auf eine Segelreise mitgenommen, nach Dubrovnik, um ihn auf andere Gedanken zu bringen. Von dort habe er einen Ausflug nach Mostar unternommen, der Brücke wegen. Er sei auf eine sonderliche Weise beeindruckt gewesen von dieser Brücke, aber er hätte sich nicht gleich einlassen können auf dieses Gefühl. So sei er geblieben, und jetzt, da er die Geschichte der Brücke kenne und sich Tag für Tag von ihr von einem Ufer zum anderen tragen lasse, wisse er, was er schon immer auf Brücken gesucht habe. Seit er hier sei, habe er begonnen, an einem Roman über den Baumeister der Brücke zu schreiben, er wolle durch konzentrierte und disziplinierte Arbeit versuchen, seine Gedanken und Gefühle und damit sein Leben zu ordnen. Er sei aber nach vielen Seiten Arbeit immer zu einem Punkt gekommen, an dem sein Konzept nicht mehr gestimmt habe, die Dinge und Ereignisse wollten sich einfach nicht mehr fügen, und mit dem falschen Konzept habe er nicht weiterarbeiten können. Er habe schon mehrmals alles verworfen, Wochen habe es jedesmal gedauert, bis er einen neuen Anfang, ein tragfähigeres Konzept gefunden zu haben glaubte. Eben jetzt sei er wieder an einem Punkt angelangt, wo er nicht weiterwisse. In den Übergangsperioden von einem Konzept zum anderen seien Gedichte entstanden, die habe er dem Baumeister gewidmet.

Josef verstummte. Er blickte weg vom Fenster,

durch das er während seiner Erzählung unverwandt gestarrt hatte, hin zu Agathe. Die randlose Brille war ihm auf die Nase gerutscht, aus seinen Augen lösten sich vereinzelt Tränen. Josef hatte den Atem angehalten; kurze, wimmernde Laute drangen aus seinem Inneren empor, sein Oberkörper schwankte, er mühte sich um Haltung, dann ließ er sich fallen. Sein Kopf schlug auf Agathes Schulter, während sein Körper von krampfartigen Stößen geschüttelt wurde. Agathe war erschrocken über diesen Ausbruch und die plötzliche körperliche Nähe. Sie versuchte, sich steif zu halten, aber der Rhythmus des Weinens und Schluchzens griff auf sie über, dazu die aufpeitschende Musik, sie fühlte sich weich werden und schloß ihre Arme um den zitternden Körper des Mannes.

Allmählich verebbte der Schmerz in Josef, hin und wieder seufzte er auf. Langsam löste er sich von Agathe. „Ohne dich wäre ich abgestürzt“, sagte er. Er legte ein paar Münzen auf den Tisch und nahm Agathe bei der Hand. „Wollen wir gehen?“ Agathe nickte und sie stiegen die Stufen hinab zur Brücke. „Willst du mit mir zum Fluß?“ fragte Josef weiter. Agathe nickte wieder. Sie bahnten sich einen Weg durch üppiges Gebüsch und rauhe Felsen, sie rutschten und stützten sich gegenseitig, bis sie schließlich zu einer Sandbank gelangten. Das Wasser funkelte in allen Nuancen, vom zarten Grün bis zum tiefen Blau.

„Schön, nicht wahr?“ sagte Josef leise. „Schön genug, um hier den Tod zu finden.“ Sie hatten sich nahe am Ufer niedergelassen. Josef schien sich wieder im Gefühl der Ausweglosigkeit zu verlieren.

„Etwas Besseres als den Tod findest du allemal.“ Agathe wußte nicht, warum ihr der Satz eingefallen war. „Das ist aus einem Märchen“, fügte sie hinzu.

„Etwas Besseres als den Tod findest du allemal." Josef wiederholte den Satz, einmal, dann noch einmal, dann noch mehrmals, er sprang auf, schüttelte sich vor Lachen und tanzte um Agathe herum, die ruhig am Boden saß und ihm zusah. Dann riß er sich die Kleider vom Leib und stürzte mit einem Schrei in den Fluß.

Agathe erhob sich und suchte im Wasser nach den Konturen eines Körpers. „Josef", rief sie. Sein Kopf tauchte aus dem Wasser auf, er schüttelte sich und schwamm ans Ufer.

„Ich bin der Froschkönig", sagte er, „nackt und glitschig, wie ich bin, werde ich dich jetzt umarmen." Er fühlte sich zu Späßen aufgelegt, ausgelassen drehte er sich im Kreis, bis er leicht und heiter vor Agathe zu stehen kam.

„Da bin ich", sagte er und streckte ihr seine Arme entgegen.

GEORG BIRON

Fleischmarkt

Wiener Sommerabend. Stadtpark. Hinter den Büschen lärmen Kinder. Ein Pfau schlägt ein Rad vor dem Kursalon. Ich habe ein Buch in der Tasche. Taschenbuch. Hunderttausende und sogar Millionen werden Upton Sinclair lesen (Jack London). Schönes Gefühl, da dazuzugehören. Kurz vor Einbruch der Dunkelheit. Ein Reisebus hält. Eine Gruppe von Touristen perlt heraus. Fiorucci-Style. Man atmet Videoduft. Das Orchester hebt an, auf und quer durch. Der Donauwalzer. Die Touristen aus Japan. Eine Menschentraube, zwischendrin ein Arm, der eine Teleskopantenne hält, obenauf ein Wimpel baumelt. Japaner organisiert den Ablauf. Kaffee, Kuchen, Orangensaft. Fünfundzwanzig Minuten Zeit, dann kommt der nächste Bus. Schwarzgekleidete Kellnerinnen schwirren neben vollbeladenen Tabletts. Stilleben mit Minolta. Blitz. Immerhin: Es dämmert schon.

Upton Sinclair. Ich lese endlich ein bißchen im „Dschungel", während ein japanisches Pärchen auf der Tanzfläche dreiviertelt. Neben mir auf der Stadtparkbank sitzen zwei junge Männer, vor ihnen: ein Kinderwagen. Das Kleinkind randaliert lautstark. Die beiden Männer tragen Kopfhörer, die an einen kleinen Cassettenrecorder angeschlossen sind. Sie hören das Kind nicht. Mit geschlossenen Augen zelebrieren sie das Londoner Symphonie-Orchester. Ich rauche. Freizeit & Abenteuer. Vorbeigehenden Mädchen blicke ich auf den Po. Ich beobachte mich beim Umblättern der Seite. Ich habe gelesen und dabei an etwas anderes gedacht. Keine Ahnung, was geschrieben steht. Nochmals oben anfangen. Jurgis, der Held des Romans, fährt gerade mit einem Millionär durch das Chikago der Jahrhundertwende. Plötzlich marschiert mir ein weibliches, fröhliches, preußisches „Hallo!“ ins Ohr. Den Blick gehoben, sehe ich ein rundes, fröhliches Mädchengesicht, das, ich weiß es sofort wieder, aus der Be-Herr-De stammt. Blond ist die in Griechenland gewesen, als die Schreie der Geckos durch die Luft schnalzten und widerhallten. Eine kleine Insel mit winziger Hafenbucht, vor der einmal wöchentlich ein Schiff ankerte, um Lebensmittel, Post und junge Touristen den Fischern zu übergeben, die in kleinen Booten hinausruderten und die Fracht an Bord nahmen. 1943 ist mein Vater dort gewesen, für Führer & Großdeutschland. Stahl Wehrmachtsbenzin und tauschte es ein gegen Fische, Käse, Oliven und geharzten Wein. Der ist überhaupt viel herumgekommen mit den Adolf-Hitler-Tours. Europareise: Polen, Frankreich, Stalingrad, Italien, Griechenland.

Ein blondes Mädchen ist ausgestiegen, als ich im Schatten des Vordaches der Taverne gesessen bin. Jetzt ist sie schwarzhaarig. Ein blinder Grieche hat Geige gespielt, und sie, berucksackt, mit T-Shirt und Che-Guevara-Porträt auf der vollen Brust, hat ein Quartier gesucht. Ist mit dem Schiff gekommen. Allein. „Ich? Ich schlafe am Strand“, sagte ich Gottfried-Benn-like. Und daß ich ebenfalls allein . . . nur zur Information. Ein Zelt, blau, in das zwei hineinpassen, wenn sie sich zusammenkuscheln, und durch das Insektennetz dringt nur das Meeresrauschen. Sie sagte zu. Vor lauter Freude stieg ich gleich auf einen Seeigel, den sie meisterhaft entfernte und mit der Pinzette an den Stacheln werkte. „Alles wieder gut“, sagte sie und küßte den Verband auf meinem Fuß. Danach hat sie eine Brücke gebaut, sich flach auf den Sandboden gelegt im ausgebreiteten Schatten der Palme, die Knie angezogen, die Hände in den Rücken gestützt und die Hüften gehoben. Dann hat sie die gestreckten Beine gesenkt, es ging blitzschnell. Die Fußsohlen berührten den Boden: Die Brücke; der Weg zum Glück.

„Komm!" sagte sie und half mir, dem Verletzten, den Weg über die Brücke zu finden.

Sechs Tage später waren wir in paarweiser Körperarchitektur vollkommen. Ich hatte Herzchen in den Augen. Ein Schiff kam und sirente. Ein Kärntner eroberte das Eiland, Student aus Klagenfurt, der es verstand, mit seinem Wissen und seinem Sinn für historische Details das Brückenmädchen für sich zu gewinnen. Die Blonde packte ihre Sachen, ich weiß bis heute ihren Namen nicht, und wechselte das Zelt. Kuß auf's linke Ohr. „War'n tolle Tage, nich?" Der Kärntner sei zwar Trotzkist, aber zur undogmatischen Diskussion bereit. Und dann war sie fort, die Blonde, um in einer anderen Bucht für die Ideen der 4. Internationale Brücken zu bauen. Kein Eispickel weit & breit. Nur Wein, und der genügte mir zwei Wochen lang.

Ein Jahr später: Stadtpark. Walzerklänge. Sie spricht mich an mit gefärbtem oder entfärbtem Haar, sagt, sie sei auf dem Weg in die, naja, Kärntner Straße; ausgerechnet. Es war ein „Hallo!", was sie dem Sinclair-Leser ins Ohr gehaucht hatte — aber er freute sich darüber. Punktum. Wieder ein T-Shirt: „Chikago" steht glitzernd vor mir. „Gehn wa was trinken?" Das Orchester spielt jetzt „G'schichten aus dem Wienerwald", und die Japaner fahren ab. Jetzt kommen die Russen mit dem „Intourist"-Bus.

Das Gasthaus des Franz Seegraf gehört jetzt seiner Frau. Er bewohnt schon seit Jahren eine Mauernische beim Krematorium und glänzt durch goldene Buchstaben seinem Leben vor dem Tod zum Trotz. Maria Seegraf ist von ungepflegtem Äußeren, dick, alt, häßlich, aber liebenswert. Außerdem hat sie eine Schwäche für junge, erfolglose Poeten wie mich und sagt oft: „Na, Herr Goethe. Wann können wir denn was lesen von Ihnen?", worauf ich meistens mit den Achseln zucke. Ich weiß es doch nicht. „Na, dann tun wir halt essen statt lesen. Ich mach Ihnen ein Germknödel."

So ist die Frau Seegraf. Zu sagen wäre vielleicht noch, daß sie Goethe auch nur aus dem Kreuzworträtsel kennt und mich seit Jahren. Das Gasthaus zur „Wiener Linde" hat einen kleinen Innenhof, in dem man zur Sommerzeit bedient wird. Inmitten des Innenhofs, in welchem man nur das Schlagen der Kirchturmuhr und das Murmeln der Gäste hört, steht ein riesiger Baum, sicher schon hundert oder mehr Jahre alt. Es ist eine Buche. Aber das Gasthaus heißt „Wiener Linde". Es gibt auch noch ein kleines Kellerfenster, das auf den Hof hinausschaut. Manchmal hört man aus diesem Fenster Stimmengewirr, ein dumpfes Brummen, danach das Auseinanderhölzeln getroffener Kegel. Die Kegelbahn im Keller ist nur Stammgästen zugänglich. Ein kleiner, alter Jugoslawe, der seinen Sliwowitz in der Doppelliterflasche selbst mitbringt, stellt die umgeworfenen Kegel wieder auf. Automatik gibt's in der „Linde" nicht.

Dorthin gehe ich jetzt mit der schwarzgewordenen Blonden, die ich auf der griechischen Insel kennengelernt habe. Wir finden Platz im Garten, mich trifft ein böser Blick der Frau Seegraf, wir bestellen jeder ein Viertel Rotwein, sie watschelt schwergewichtig in die Küche, wo der Wein gelagert ist. Wir prosten einander zu, die schwarz gewordene Blonde und ich. Von Trotzki oder Kärnten sprechen wir nicht. Sie sei jetzt Schauspielerin, in München habe sie im „Faust" gespielt. Nackt. Es sei ein großer Erfolg gewesen, was ich sofort glaube.

Nach dem dritten Glas haucht sie mir ein Küßchen zu, und ich laß' meinen Blick über ihren Busen schweifen. Die Chikagoer Schlachthöfe aus Sinclairs „Dschungel" sind weit weg. Meine rechte Hand wandert vorsichtig über das rot-weiß-karierte Plastiktischtuch und pratzelt nach der Linken meiner Gegenüber. Ihre Hand blüht auf.

Plötzlich hinter mir ein schriller Aufschrei der Seegraf. „Jööö! Is das aber ein süßes Kind. Deideidei." Ich sehe eine Großmutter, die an einem Tisch Platz genommen hat, neben ihr wandert unsicher ein ungefähr zweijähriger Bub und schaut mit weit offenem Mund und einem Anflug von müder Skepsis auf seinem Botticelli-Engels-Gesicht hoch zur imposanten Figur der Frau Seegraf. Die Großmutter bestellt weißen Wein und einen kleinen Löffel. Der Bub trippelt mit schlaffem, leicht torkelndem Gang hin und her.

Das Gesicht meiner schwarzgewordenen Blonden ist plötzlich steinhart. Sie löst ihre Hand aus der meinen und bestellt noch ein Glas Wein, das sie hinunterstürzt, als gelte es, einen Brand zu löschen. „Da komm her, Pippihendi! Da komm her", ruft die Großmutter, die sich schon lange nicht mehr rasiert hat. Aus ihrer Tragtasche nimmt sie eine Dose mit Babynahrung, schraubt den Deckel ab und rührt mit dem Löffel den Inhalt um. „Pappi für's Pippihendi!" Jetzt geht sie daran, den müden Kleinen festzuhalten und ihm mit dem Löffel die Babynahrung in den Mund zu spachteln, was dem Kind äußerst mißfällt. Er versucht zu fliehen, die Großmutter fängt ihn mit langem Arm wieder ein und schimpft jetzt schon über den Ungehorsam des Enkelkinds. Man müsse sich ja schämen, sagt sie zum Kleinen, aber der weiß noch nichts von Scham. Er spuckt den Brei sofort wieder aus. „Guter Brei für das Pippihendi." Das Kind beginnt jetzt zu schreien, aber die liebe Oma stopft ihm das Schnutchen mit Brei.

Die Gäste rundum reagieren auf den lautstarken Widerstand des genötigten Kindes wie die liberale Öffentlichkeit auf die Bombardierung nicaraguanischer Siedlungen durch Somozas Anhänger: mit Gelassenheit.

„So ein schlimmes Kind", sagt die Großmutter, packt Glas und Löffel weg und resigniert mit einem großen Schluck aus dem rebenumwucherten Wein-Viertel.

„Bringen S' noch ein Viertel", sagt die Oma zur Frau Seegraf. Und vertraulich, aber wir sitzen am nächsten und können es hören: „Meine Tochter, die hat Besuch heute, verstehen Sie? Besuch. Und die Wohnung ist so klein, da muß ich mit dem Buben halt weggehen. Um 12 kann ich wieder heim. Wissen Sie? So ist das bei Zimmer-Küche."

Frau Seegraf murmelt etwas von Hotel, bringt aber das neue Viertel. „Prost."

Das Chikago-Mädchen will jetzt plötzlich gehen. Schweigend verlassen wir den Gasthausgarten im Innenhof und treten hinaus auf die Straße. Die Kirchturmuhr schlägt 9. Ich spüre Lust in mir auf eine Sightseeing-Tour: Chikago bei Nacht. Da beginnt meine schwarzgewordene Blonde von einer geplanten Abtreibung zu sprechen, deretwegen sie nach Wien gekommen sei. Morgen müsse sie in eine Privatklinik im 1. Bezirk. Am, wie heißt das doch, am Fleischmarkt.

LIVIA GETREIDER

Zusammenhänge oder Sonnenflecken

Der Staub, der sich in den Ritzen meines Schreibtisches sammelt, den könnte ich wegblasen oder wegwischen. Ich könnte auch die Sonnenflecken auf dem Farn am Fensterbrett bewundern, am staubigen. Ich könnte in das gleißende Licht der Stehlampe starren, bis mir die Augen wehtun. Und ich könnte alles auslacken, was ich bis jetzt geschrieben habe. Ich könnte auch alles zerreißen, was ich bis jetzt geschrieben habe. Und ich könnte K. anrufen, aber auch R., und sicherlich nicht B. Auf keinen Fall würde ich R. anrufen, und schon gar nicht die R. Ich könnte K. anrufen, doch eigentlich kann ich ihn nicht anrufen, weil ich K. schon zu oft angerufen habe, ohne daß er mich zurückgerufen hat. Ich hätte gerne mit K. gesprochen, ich hätte K. noch lieber getroffen, ich hätte auch Lust, K. zu bekochen und ich würde am liebsten mit K. schlafen. Doch das alles ist nicht möglich, weil K. mich nicht anruft und weil ich K. schon zu oft angerufen habe und es ja irgendeinen Grund geben muß, warum K. nicht zurückruft, obwohl er es immer wieder verspricht. K. paßt vielleicht gar nicht zu mir, K. paßt sicher nicht zu mir, C. sagt immer, daß K. auf keinen Fall zu mir passe, es gäbe ein einziges Chaos, K. und ich, wir seien schon jeder getrennt ein Chaos, aber ich sei das geringere, Chaos natürlich, und wir beide, das sei rein gedanklich bereits unmöglich. Doch praktisch, praktisch wäre es doch trotzdem möglich. Wieso passieren mir immer so viele Unmöglichkeiten? Warum ist alles entweder bereits am Anfang, oder in der Folge, oder schließlich und endlich, also irgendwann unmöglich? Es ist doch denkbar möglich, K. und ich, ein Mann und eine Frau.

Lieber wäre mir B., doch B. ist verheiratet, und diesen Gedanken gestatte ich mir nur ganz selten, einfach, wenn er mich überkommt, und er überkommt mich, wenn ich ehrlich bin, eigentlich doch recht oft, obwohl ich ihn mir nicht gestatte, doch ich kann nichts dafür und leider auch nichts dagegen, wenn ich B. sehe. Und ich sehe B. täglich. Und täglich ist er verheiratet, noch immer verheiratet, und das zweite Kind im Bauch, das er ihr vor ungefähr fünf Monaten hineingesetzt hat, wird auch täglich größer.

B. sieht mich auch täglich. Wir durchschauen beide das Spiel und haben keinen Mut, es weiterzuspielen. Es bleibt am Beginn, die Liebe bleibt in uns drin, in mir, was bei ihm drin ist, weiß ich nicht, wage ich nicht zu behaupten, aber ich ahne, daß es sich ähnlich verhält, ähnlich verhalten muß, weil die Luft zwischen uns schwingt, wenn wir miteinander reden. Manchmal wissen wir gar nicht mehr genau, was wir miteinander reden, weil wir alles vergessen.

Also B. dürfte ich nie anrufen. Doch, vielleicht einmal, wenn wir beide eines Tages die Beherrschung verloren haben, und dieser Tag wird vielleicht einmal kommen mit all dem Unglück danach, und das Glück und das Unglück wird dann einfach über unseren Köpfen zusammenbrechen. Ich habe das

Gefühl, daß dieser Tag kommen wird, und doch, es wäre besser, K. riefe mich an. Ich würde es auch mit K. versuchen, vielleicht würde ich B. dann doch vergessen und oben erwähnter Tag wird nicht kommen.

Oder es kommt ein Tag mit einem anderen. Oder es kommt kein Tag mit keinem anderen. Oder es kommt kein Tag mit einem anderen als B. Oder es kommt kein Tag mit einem anderen als K. Oder es kommt ein Tag mit B. und ein Tag mit K. Ein Tag kommt auf jeden Fall. Morgen kommt auch, sicher ohne K. und ohne B. Und ohne R. und ohne C.

Ich könnte morgen die Ritzen auf der Schreibtischfläche abstauben und die Sonne an meinem Farn bewundern, wenn die Sonne schiene. Ich werde die Sonne auf meinem Farn aber vielleicht nicht bewundern können, weil die Sonne vielleicht nicht scheinen wird, doch die Ritzen meiner Schreibtischfläche abstauben, das werde ich auf jeden Fall können, doch nicht in jedem Fall wollen. Sollte mich nämlich wider Erwarten K. doch anrufen, werde ich vielleicht nicht mehr Lust haben, die Ritzen meines Schreibtisches abzustauben, es könnte sein, aber es muß dann nicht mehr sein. Doch es ist wahrscheinlich völlig falsch, eine Berechnung zwischen zwei Faktoren aufzustellen, von denen der eine beeinflußbar, nämlich das Abstauben, und der andere unbeeinflußbar ist, nämlich der Anruf von K., noch dazu, da diese Faktoren eigentlich nichts miteinander zu tun haben, und sollten sie etwas miteinander zu tun haben, es außerordentlich schwierig wäre, dies heute abend herauszufinden. Ja, es ist wahrscheinlich vollkommen irrelevant, was diese beiden Faktoren miteinander zu tun haben. Obwohl es natürlich eine prinzipielle Frage ist, ob man unangenehme Dinge tun soll, wenn man gut aufgelegt ist oder wenn man schlecht aufgelegt ist. Dann gibt es auch die Lust am Unerledigten, der ich mich gerne hingebe, das Gefühl, daß es etwas gibt, das ich immer noch tun kann, wenn mir nichts anderes mehr einfällt, und es fällt mir dann erstaunlich viel ein, wenn ich noch anderes zu tun habe, als Einfälle zu haben.

Das alles hat schließlich nur sehr wenig mit B. oder K. zu tun und hilft mir nicht weiter. Oder doch? Vielleicht kann ich in den nächsten Tagen alles Unangenehme erledigen, und dann — wie zur Belohnung — ruft irgendwann K. an. Und es gibt die perfekte Situation. Ich habe alles erledigt — und zusätzlich Liebesglück. Eine Situation wie in der Werbung. Lachende Seele inmitten blitzblanker Wohnung. Ich hätte dann morgen keine Zeit, über K. nachzudenken und würde so vielleicht doch der Versuchung widerstehen, K. doch noch einmal anzurufen; dazu neige ich nämlich manchmal, wenn ich zu lange über K. nachdenke. Daher habe ich ihn ja bereits viel zu oft angerufen, weil ich viel zu oft über ihn nachgedacht habe. Und dann werde ich K. angerufen haben und er wird wieder nicht bereit gewesen sein, sich etwas mit mir auszumachen, und ich werde keine Kraft mehr haben, die Wohnung zu putzen, und die Wohnung wird schmutzig sein, und ich werde deprimiert sein, und ich werde K. wieder um ein Mal mehr, um ein Mal zu viel, ein Mal mehr zu den vielen Malen zuviel, angerufen haben.

Und ich werde mich irgendwann mit dem Gedanken an B. trösten. Und mir den Tag mit B. vorstellen, an dem wir beide schließlich doch. Und ich werde mich in die süße Wehmut einlullen, die mir diese Vorstellung bedeutet. Und ich werde diesen Traum bewußt als Traum träumen und nicht als mögliche Wirklichkeit, damit es mir dann weniger weh tut, wenn es doch nicht dazu kommt.

Ich werde versuchen, mir bei diesem Traum vor Augen zu halten, daß es wahrscheinlich doch nicht dazu kommen würde, doch ich weiß, daß ich prinzipiell der Versuchung dieses Traumes nicht widerstehen werde können, wenn ich die Wohnung morgen nicht aufräume, sondern über K. nachdenke und K. anrufe und K. sich nichts mit mir ausmacht und ich deprimiert sein werde.

Das sind die Zusammenhänge zwischen K., B., der Sonne auf dem Farn und dem Staub in den Ritzen der Schreibtischfläche.

Und ich werde mich morgen entscheiden müssen.

Ob ich den Staub in den Ritzen der Schreibtischfläche entferne, das heißt, die Wohnung reinige und versuche, mich von K. abzulenken und in der Folge von B. Oder ob ich mich dem Gedanken an K. hingebe, K. anrufe und in der Folge von B. zu träumen beginne, um die Niederlage mit K. zu verdauen.

Oder vielleicht wird sich K. endlich einen Termin mit mir ausmachen. Aber dann würde er doch schon angerufen haben. Er hätte mich heute im Büro anrufen können. Er hat eigentlich versprochen, mich heute im Büro anzurufen. Und im Büro bin ich sicher erreichbar. Jeder, der mich erreichen will, ruft schließlich im Büro an. Wenn man mich erreichen will, muß man einfach im Büro anrufen. Hätte er mich erreichen wollen, hätte er mich im Büro angerufen.

Doch er will mich wahrscheinlich nicht erreichen. Oder er will mich nicht genügend erreichen. Hätte ich ihn erreichen wollen, ich hätte ihn erreicht.

Der eine kann mich nicht erreichen, weil er mich nicht erreichen will, und der andere wäre praktisch erreichbar, täglich, doch was soll's.

Tatsache ist, daß ich morgen der Depression nur mit irgendeiner Aktivität werde ausweichen können, ich hätte heute vielleicht doch C. anrufen sollen, ob sie morgen Zeit hat.

Ich bin verrückt nach dir, werde ich eines Tages zu B. sagen.

Rückblickend kann ich sagen, daß ich am folgenden Tag nicht die Ritzen meines Schreibtisches abstaubte und auch nicht auf einen Anruf von K. wartete, sondern gleich begann, von B. zu phantasieren, ohne Umschweife und im Bewußtsein, mit der Irrealität zu spielen.

Vielleicht werde ich eines Tages all das, was ich zu B. sagen würde, würde ich es eines Tages zu B. sagen können, zu einem anderen Mann sagen, da ich es B. nicht habe sagen können, da der Tag nicht gekommen ist.

Vielleicht werde ich eines Tages über all das, worüber ich mit B. nicht schweigen konnte, mit einem anderen schweigen können, aber es wird im Geist bereits vorgeschwiegen sein von mir, und zwar mit B.

CHRISTINE HAIDEGGER

Winterliebe

Da sitzt du, Mutter, auch wenn du fast nichts mehr hören kannst, deine Augen sind gut, dein Herz schlägt gleichmäßig und das Mißtrauen knittert dein Gesicht. Du kannst kaum mehr gehen, Tag um Tag verbringst du auf dem Sofa, in Papas Stuhl und im Bett. „Sie kann noch zwanzig Jahre leben, Sie brauchen sich keine Sorgen machen", sagt der Arzt, und ein Schauer überläuft mich.

Ich kenne nur deine Abende und deine Wochenenden, Mutter, die auch meine sind. Seit zehn Jahren, seit Vaters Tod. Du hast geweint, als wir die große Wohnung verließen, deine Augen sind heute noch trüb und erzeugen Schuldbewußtsein in mir. Aber neben der Arbeit konnte ich nicht für eine Sechs-Zimmer-Wohnung sorgen, Mutter, das hatten wir doch oft und oft besprochen, sieh mich nicht so an . . .

Deine Augen, jetzt sind sie geschlossen, aber ich weiß, daß du mich siehst, während ich hier am Spiegel sitze und mich zurechtmache. Ich höre deine Vorwürfe aus deinem Schweigen, wie ich deinen Atem höre. Und ich sehe dein Gesicht, das sich unbarmherzig über meines legt von Tag zu Tag.

Es hat mir immer genügt, „adrett" auszusehen, wie du es nennst. Aber nun genügt es nicht mehr. Die Lampe über dem Spiegel ist grell, du magst sie nicht, du liebst die Dämmerung und dein vorwurfsvolles Schweigen.

Ich sehe in diesen Spiegel und versuche, mich mit *seinen* Augen zu sehen. Nach all den Monaten kann ich es immer noch nicht verstehen, nicht glauben. Er liebt mich, Mutter, und ich habe Angst, ihn zu verlieren. Angst, mich an ihn zu verlieren. Ich sehe ihn weniger oft, als ich könnte, ich warte auf das Klingeln des Telefons am späten Abend, das du nicht hören kannst, greife im Dunkeln danach und versuche, das Gespräch kurz zu halten, obwohl ich vor Sehnsucht nach ihm fast verrückt werde, obwohl ich immer und überall an ihn denke.

Ich muß vernünftig sein, an die Zukunft denken.

„Warum eigentlich?" fragt er mich und sieht mich an. „Wir lieben uns, ist das nicht genug, jetzt und hier?"

Nein, es ist nicht genug, zu vieles steht zwischen uns. Er spricht mit mir, als wäre ich fünfundzwanzig, er erzählt mir von seinen Reisen — ich kenne sonst niemanden, der in Island war. Wir lachen viel zusammen, wir haben eine eigene Sprache entwikkelt, wir sitzen im Kino und halten uns an den Händen. Wir tun all die kindlichen Dinge, die wir beide mit sechzehn nicht getan haben. Aber immer muß ich mitten im Lachen an dich denken, Mutter.

Bei Stefan dachte ich nie an dich. Zehn Jahre lang. Du mochtest Stefan, er war dir ein guter Schwiegersohn, du magst ihn heute noch, schiebst die Scheidung mir in die Schuhe. „Kannst nicht einmal einen Mann halten." Nein, Stefan konnte ich nicht halten. Ich vertraute ihm und liebte ihn. Habe nichts bemerkt, er war wie immer. Brachte uns hübsche Dinge mit von seinen Reisen. Arbeitete abends länger. Drei Jahre lang glaubte ich mich noch geliebt, und vielleicht stimmte es auch, aber dann wollte er plötzlich klare Verhältnisse. Oder Anna wollte sie. Damals schämte ich mich meiner Dummheit. Selbst heute noch schäme ich mich, daß ich nichts bemerkt hatte, daß ich ihn weiterhin liebte, bis zu dem Abend, als er Anna mitbrachte, wir hätten da ein Problem ... Ich hätte kämpfen sollen, ihm vergeben, sagst du, Mutter. Aber als ich Anna sah, wußte ich, daß es nichts zu kämpfen gab. Sie ist zehn Jahre jünger als ich, Mutter, sie paßt in die bunten Kleider, die Stefan mir mitbrachte, ihr Gesicht ist von kindlicher Regelmäßigkeit, sie trägt keine Brillen — du hast sie nie gesehen, aber ich wußte, daß Anna all das war, was ich hätte sein sollen.

„In unserer Familie hat es nie eine Scheidung gegeben", sagtest du. „Die Schande. Es wird Vater das Herz brechen." Ob es mein Herz berührte, hast du nie gefragt.

Das englische Sprichwort fällt mir ein: „Winter him and summer him and winter him again." Einen Winter lang kenne ich nun Peter. Heute abend kommt er. Ich sitze unter dem Spiegel und sehe mein Gesicht, meine Schultern. Meine gefärbten Haare an den Schläfen. Er wird mich küssen und streicheln heute nacht, er wird mir die Brille abnehmen und meine Augen küssen. Unsere Körper verstehen einander mit soviel Zärtlichkeit, als ob sie nie jemand anderen gekannt hätten. Er schläft morgens manchmal in meinen Armen ein, und ich betrachte sein gelöstes Gesicht. Noch nie hat er in den Armen einer Frau schlafen können, ich bin die erste.

So vieles zwischen uns ist „erstmals". Als hätten wir kein anderes Leben außerhalb. „Ich will bei dir sein", sagt er am Telefon, und ich muß ihm erzählen, was ich tun werde in der nächsten Woche, wo ich Tag für Tag bin, damit er an mich denken kann, so wie ich an ihn.

Wir machen beide Überstunden für diese teuren Telefongespräche, wir sehen uns ja nur ein paar Stunden im Monat.

Trotzdem habe ich teil an seinem Leben. Ich

weiß, daß er seit drei Jahren eine feste Freundin hat, aber ich bin nicht eifersüchtig. Vielleicht sogar froh. Er liebt sie auf eine andere Art als mich, Mutter. Ich bin mehr für ihn, das weiß ich. Und ich werde nie wieder jemanden so bedingungslos lieben können wie ihn.

Ich habe nicht gewußt, daß ich so lieben kann, Mutter. Und so sehr ich mich bemühe, uns von außen zu sehen, uns mit deinen Augen zu sehen, um mich darauf einzustellen, daß es nicht dauern *kann,* so wenig gelingt es mir. Meine Sehnsucht nach ihm wird größer. Ich möchte bei ihm sein, ihn spüren, mit ihm schlafen.

Stefan hat mich immer für eine eher kühle Frau gehalten, aber nun weiß ich, daß das nicht stimmt. Jetzt, wo es zu spät ist. So viele Dinge habe ich in den letzten Monaten über mich gelernt, und ich weiß, daß es zu spät ist.

Seine Freunde akzeptieren mich, ich dringe darauf, daß wir mit ihnen zusammen sind, auch wenn das unsere seltenen Nächte verkürzt, denn ich warte auf Blicke und Bemerkungen.

Peter spricht vom gemeinsamen Sommerurlaub, als wäre es beschlossene Sache. Ich stelle mir das Strandleben vor, sehe Gruppen fröhlicher junger Leute und fühle schon den Blick des Portiers auf mir.

„Wenn du achtunddreißig bist, werde ich fünfzig sein", sage ich zu Peter, innerlich zitternd vor Angst, denn es sind noch einige Jahre bis dahin, wir werden uns längst getrennt haben, ich werde nichts mehr von ihm wissen, nur Erinnerungen haben, wie viele alte Frauen.

„Na und?" sagt Peter. „Wir lieben uns doch, hier und heute, wir werden im Sommer . . .", aber das höre ich nicht mehr. Ich wünsche mir verzweifelt, daß er weiter dächte als bis zum Sommer. Ich wünsche mir Dauer.

Kannst du dich noch an die Eichstädts erinnern, Mutter? Sie war fünfzehn Jahre älter als er, erste Tänzerin am Stadttheater. Er ließ sich einen Vollbart wachsen, hinter dem er sein kindliches Gesicht zu verstecken suchte. Sie gingen überall zusammen hin. Das wunderbar expressive Gesicht der Frau, ihr strenger Haarschnitt — sie hat sich die grauen Haare nicht weggefärbt —, und wie sie trotz allem zusammenzuckte, wenn jemand bei der Vorstellung sie für die Mutter ihres Mannes hielt.

Jetzt weiß ich, wie ihr zumute war. Könnte ich diese Belastung aushalten? Ich weiß nicht, Mutter. Wenn du nicht wärst, vielleicht.

Einmal habe ich Peter gefragt: „Was wäre, wenn ich nach Berlin . . .“ „Ja“, sagte er sofort. „Du weißt doch noch gar nicht, was ich dich fragen wollte!“ „Die Antwort ist auf alle Fälle ja.“ Diesen Moment werde ich nie vergessen.

Aber ich kann dich nicht aus deiner Umgebung reißen, Mutter, ich kann in Berlin keine Arbeit finden, in meinem Alter, die so gut bezahlt wäre, wie meine jetzige. Und du kannst ja noch zwanzig Jahre leben.

In einer halben Stunde kommt Frau Pfänder, die ich bezahle, um bei dir zu bleiben, während ich weg bin.

Ich hasse Hotelzimmer, aber hierher kann Peter nicht kommen, deinetwegen.

Wir werden zusammen ins Theater gehen, dann ein paar zu kurze Stunden im Hotel verbringen, morgens werde ich mit dem Taxi herkommen, dir dein Frühstück bringen, dich versorgen und unter einem Vorwand wieder mittags wegschleichen, während Frau Pfänder dich betreut.

Das Hotel muß ich für zwei Tage bezahlen, damit wir nachmittags noch zusammensein können, obwohl Peter abends zurückfliegt. Ich freu mich auf ihn, sein Lächeln, wenn er mich sieht, seine ausgestreckten Arme.

Und doch denke ich schon an den Abschied morgen abend. Manchmal denke ich, wie ungerecht das alles ist. Warum haben wir uns jetzt erst kennengelernt? Und warum muß es so unerträglich schön sein? Wenn du nicht wärst, Mutter, denke ich manchmal. Du hast doch dein Leben schon gehabt. Ich wäre bei Peter, Tag und Nacht, und sei es nur für ein paar Monate. Ich wußte nicht, daß Liebe so sein kann, und nun, da ich es weiß, soll ich sie aufgeben?

Zu Weihnachten habe ich meine Schlaftabletten gezählt. Es waren zu wenige. Nie vorher habe ich an Selbstmord gedacht. Probleme zu lösen gehört zu meinem Beruf. Nur, jetzt bin ich hin- und hergerissen, verzweifelt und manchmal kraftlos. Ich möchte in Peters Armen einschlafen und nie mehr aufwachen. Ich denke daran, daß seine Zukunft noch vor ihm liegt, und daß ich keine Rolle in ihr spielen werde. Der Gedanke ist unerträglich. Was soll ich mit all meiner neugewonnenen Zärtlichkeit? Wie soll ich weiterleben, ohne von Peter geliebt zu werden?

Die Jahre, die noch vor mir liegen, wie soll ich sie Tag für Tag erleben? Die Falten werden sich vertiefen, mein Mund wird verkniffen werden, wie deiner, Mutter, und niemand wird diese Sehnsucht nach Liebe in mir vermuten.

Ich verstehe jetzt Wörter wie: verzweifelt, herzzerreißend. Selbst Eifersucht, die ich im nachhinein bei Stefan hätte haben sollen, und die ich nie verstanden habe, kann ich mir jetzt vorstellen.

Es ist eine leidenschaftliche Verzweiflung um jeden Augenblick, den ich nicht mit Peter verbringen kann, die Gespräche, die er mit anderen hat, die Reisen, die er mit ihnen erlebt hat und erleben wird, aber vor allem die Zukunft — alles, was hätte sein können und nicht sein wird.

Immer eingegrenzt von Besitzdenken. Ich möchte. Haben. Ich möchte Peter haben. Für mich. Möchte ein Teil seines Lebens sein. Nicht nur bis zum Sommer vielleicht. Immer denke ich an die Zukunft. Gemeinsame Zukunft. Versuche, mich mit aller Kraft davon abzuhalten. Die lächerlichen Dinge, die ich jetzt schon unternehme, um ihm zu gefallen, die kleinen weiblichen Tricks, über die ich immer die Nase gerümpft habe. Die Sorgfalt, die ich auf meine Kleider verwende. Noch könnte man mich für seine ältere Schwester halten, denke ich, wenn wir im Aufzug vor dem Spiegel stehen. Und wünschte, das Altersverhältnis wäre umgekehrt. Niemand würde sich auch nur einen Augenblick nach uns umdrehen. Kindisch freue ich mich über jedes junge Mädchen, das eine schlechtere Figur hat als ich. Und doch: Eines Tages wird er Kinder haben wollen, plötzlich wird eines der Mädchen für ihn wichtig werden, so wie ich unerklärlich plötzlich wichtig für ihn wurde, damals. Ich entwerfe Szenen, die in der Zukunft spielen, abends. Stelle mir die Trennung vor, um gewappnet zu sein, aber immer endet alles in Verzweiflung. Ich kann mich nicht wirklich ganz gehen lassen in meiner Liebe, solange ich diese Verlustangst habe, und doch kann ich sie nicht abschütteln, verstärkt sie sich.

Ich sollte ihm zuvorkommen, ich sollte ihn verlassen, es wäre klug. Ihm gegenüber. Mir gegenüber. Aber ich kann es nicht. Noch nie habe ich so gelitten, selbst als Stefan mich verließ. Ich muß lernen, es zu akzeptieren und damit zu leben. Von Tag zu Tag.

Einsamkeit statt Gemeinsamkeit. Verzweiflung statt Geborgenheit.

Bald werde ich dich sehen, Peter, dich berühren, mich vergewissern, daß du mich noch liebst. Noch.

Und doch nicht die Kraft haben, mich von dir zu lösen, ehe das *noch* vorbei ist, eine Jüngere mich verdrängt, die besser zu dir paßt, ehe deine Freunde dich meinetwegen bemitleiden.

Ich muß in der Gegenwart bleiben, die Zukunft verdrängen, die es hätte geben können. Muß an dich denken, Mutter, nicht so viel an mich. Nicht denken, daß mein Leben vorbei sein wird, bald. Daß ich eine Lösung finden muß. Eine Lösung von Peter. Um seinetwillen.

Es hat geläutet, Mutter. Frau Pfänder kommt zu dir. Nein, ich bleibe nicht zu lange weg. Ja, ich werde dir frische Brötchen bringen, morgen. Wie immer, Mutter. Wie immer.

MONIKA HELFER

Der Bekannte meiner Patin

Das ist schon lange her, da habe ich ihn das letztemal gesehen. Wäre er noch am Leben, ginge er sicher auf die siebzig zu. Er sah wie keiner auf der Straße aus. Er war für einen Firmling wie mich ein außerordentlicher Mann, weil er ausgesehen hat wie ein berühmter Filmschauspieler. Ich war mit meiner Patin, einer schönen dicken Frau, nach St. Christoph gefahren, um die Firmung zu feiern. Warum ausgerechnet dahin? Dann tauchte der Bekannte meiner Patin, eben dieser Mann, bei uns im Gasthaus auf und aß selbstverständlich an unserem Tisch mit, so als wäre er eingeladen worden. Sie steckten ihre Köpfe zusammen und lachten. Er streichelte ihre Hand. Ich saß vor meinem dritten Eis und stocherte herum und dachte immerfort: Was sind die eigentlich? Meine Patin war verheiratet und hatte vier Kinder, die waren noch sehr klein.

Ich hatte ihn schon einmal gesehen, ohne Schnurrbart, und wahrscheinlich war es nur der Schnurrbart, der mich an den Filmschauspieler erinnerte. Er trank Rotwein und sah aus wie einer, dem es schmeckt. Er fuhr ein großes Auto, trug einen Nadelstreifanzug und dazu eine weinrote Fliege. Einmal war die Patin aufgestanden, um sich frisch zu machen, und als sie zurückkam, glänzte ihr Mund rot und ein Kuß auf seiner Wange färbte rot ab. Die Patin aß mit großem Appetit, und das gefiel ihm, kaum hatte sie einen Teller geleert, schob er ihr die Speisekarte hin. Vom Randigsalat gab es einen See, das Fleisch färbte sich rot, die Zitrone wechselte die Farbe. Wie sie den Löffel in den Mund schob, in der anderen Hand die Serviette, dabei redete und lachte beim Kauen, und sie drückte die Serviette auf den Mund, das sah sehr appetitlich aus. Als sie satt war, legte sie die Hände flach auf den Tisch wie ein Kind. Er erzählte eine Begebenheit, die sie so erheiterte, daß ihr vor lauter Lachen die Tränen aus den Augen rannen. Es schien, als hätten sie mich vergessen. Ich starrte auf seine breiten Schultern, auf den Ring an seiner Hand. Mir war traurig zumute. Das war ein schönes Gefühl.

Meine Patin wohnte mit ihrer Familie in einem Haus, das, obwohl bereits zehn Jahre alt, unverputzt war. So können nur Leute wohnen, denen das Geld ausgegangen ist. Sie hatten Hühner, Hasen, eine Ziege und unzählige Katzen. Wenn es heiß war im Sommer, gab es Fliegen in der Küche, wie ich es in meinem ganzen Leben nicht mehr gesehen habe. Die Klebestreifen, die von der Decke hingen, waren schwarz davon, im Zuckerwasser saßen sie, auf der Herdplatte, im Haar, sie krochen den Arm hinauf, überall waren sie. Wenn ich im Sommer bei der Patin war, kam ich mir immer dreckig vor, und der Mann meiner Patin, dem eine Ordnung recht gewesen wäre, schimpfte: Wo fühlen sich die Fliegen am wohlsten? Auf einem Scheißhaufen! Es roch nach vollgebrunzten Windeln und Kinderhosen. Die Patin war lieb mit ihren Kindern, die Kinder waren lieb mit ihr. Sie sangen und aßen viel, und weinte eins, nahm es die Patin auf und tanzte, bis es sich beruhigt hatte. Manchmal kam ein Huhn in die Küche und lief im Kreis, und jüngelte die Katze, dann am liebsten am Herd in einem Lumpenhaufen.

Alle Kinder bekamen zur Firmung eine Uhr geschenkt, das war die Mode, und ich konnte es mir selber aussuchen: Will ich eine Patin, die mich wie üblich beschenkt, oder will ich eine Patin, bei der ich mir die schönste Katze aussuchen kann. Soweit ich zurückdenken kann, sehe ich die Patin in einem schwarzen Kleid, von denen sie zwei hatte, ein Festtagskleid, tief ausgeschnitten, daß man, wenn sie sich bückte, in eine tiefe gewaltige Schlucht hinabsah. Als der Bekannte in St. Christoph die Rechnung bezahlt hatte, war aus seiner Brieftasche ein Farbbild gefallen. Ich bückte mich, um es aufzuheben, dabei sah ich einen Stöckelschuh der Patin allein daliegen und wie sich ein Teil ihres Fußes in seinem Hosenbein auf und ab bewegte. Ich nahm das Bild und legte es auf den Tischrand. Da lag es dann die längste Zeit. So wollte ich einmal aussehen: Die Patin ist schön frisiert, schön glatt liegen die Haare an, sie trägt Ohrringe mit einem roten Stein und die Augen blitzen. Ich sah der Patin ins Gesicht, um herauszufinden, was sie sich dachte.

Das erstemal sah ich ihn, als meine Patin mich zu einer Faschingsfeier eingeladen hatte. Das Fest fand in ihrer Küche statt. Ich sollte eine Chinesin darstellen, alles stimmte nicht an mir. Mein Hut war aus dem Deckel einer Waschmaschinentrommel gebastelt, mit Leim steifgemacht und zurechtgebogen und mit Wasserfarbe beschmiert. Die Kinder der Patin bekamen Herzen und Punkte mit dem Lippenstift aufgemalt. Der Abwasch war ungewöhnlich sauber, der Fußboden gefegt, Papierschlangen hingen vom Hergottswinkel bis zur Ansicht „Bregenz Oberstadt“ und endeten beim Weihwasserkessel. Das waren die einzigen Nägel in der Wand. Der Bekannte brachte Mohrenköpfe aus der Konditorei und schenkte uns Kindern Saft ein, in Gläser, die ursprünglich mit Senf gefüllt gewesen waren. Sich und der Patin öffnete er eine Sektflasche. Der Stöpsel schnellte an die Decke, wir Kinder schauten, die

Patin kreischte. Er sagte einen Trinkspruch, in dem die Liebe vorkommt, und stieß mit dem Glas an die Gläser. Wir Kinder hatten die Arme vorgestreckt und warteten, bis es klirrte. Die Patin leerte ihr Glas in einem Zug, und er goß nach. Sie tranken beide sehr schnell, und je mehr sie getrunken hatten, umso mehr rückten sie aneinander.

Ich fütterte das kleinste Kind, in der einen Hand hielt ich den Löffel, in der anderen einen Lappen, und nach jedem Bissen putzte ich ihm den Mund ab. Die Patin schaltete das Radio an und tanzte mit dem Bekannten, dann abwechselnd mit ihren Kindern und wieder mit dem Bekannten, ich saß da und sah gierig zu, sie schmiegte sich eng an ihn, ihr Bauch lag eng bei ihm, und sie tanzten zur Küchentür hinaus. Sie trug ihr Festtagskleid und die roten Ohrringe. Sie kamen lange nicht zurück. Wir Kinder saßen um den Tisch, aus dem Radio kam Musik, die Nachrichten, Musik, die Nachrichten. Das größte Kind der Patin sagte mir etwas ins Ohr, das ich nicht verstand, und dabei wurde es rot. Ich war elf Jahre alt und das wußte ich: Die treiben es miteinander. Und daß sie es miteinander trieben, fand ich interessant. Ich stellte mir die Patin mit aufgelösten Haaren vor und sah überall Fliegen im Bett, in den Haaren, Fliegen, die am Spiegel klebten. Draußen war es kalt, wie es sich für den Jänner gehört, die Küche sah sauber aus und Fliegen sind im Sommer da. Ich habe die Patin schreien gehört. Das andere Geräusch war kein Tier. Es klang gewaltig und tief wie aus einer Schlucht. Ich wollte mir nichts anmerken lassen. Saß regungslos da. Und es gefiel mir.

Zwei Kinder waren eingeschlafen, vom Herrgottsfuß löste sich eine Papierschlange, draußen ging die Sonne unter, ich zog die Vorhänge vor, räumte die Kuchenreste von den Tellern und legte den Kindern ein Polster unter den Kopf. Die Patin kam zurück. Sie küßte die Kleinen wach, lobte uns Große, weil wir so brav sind, die bravsten Kinder auf der ganzen Welt. Dabei hatte sie immer noch das Kleinste auf dem Arm und drückte sein Gesicht auf das ihre. Es war so, als müßte sie sich noch ausküssen. Der Bekannte lehnte an der Tür. Sein Gesicht sah rot aus, wie aufgerieben. Im Mundwinkel hatte er eine Zigarre. Es gab ein Abendessen, sicher etwas mit Eiern, Eier mußten nur aus dem Hühnerstall geholt werden, und die Patin liebte Eier. Die Kleinen gähnten und aßen mit den Händen. Der Bekannte hatte seine Hand auf dem Schenkel der Patin. Er aß wenig und langsam, und hob er den Löffel, sah es aus, als wäre das eine Anstrengung. Die Patin wechselte seine Hand auf ihren anderen Schenkel. Sie lachte dabei und warf den Kopf zurück. Haarnadeln fielen auf den Boden.

Ich wurde von ihr gefragt, ob ich denn schon tanzen könne. Ich schüttelte den Kopf. Sie sah es als ihre Pflicht an, mir den English-Waltz zu zeigen, und ich wurde in ihre weichen Arme genommen und in der Küche auf- und abgeschoben. Es drehte sich leicht mit ihr, ich wunderte mich gar nicht, und als der Bekannte sie von mir ablösen wollte, küßte sie mich mit ihrem warmen Mund. Der Kuß brachte mich zum Weinen.

PAULUS HOCHGATTERER

San Marco

Ich war im vergangenen Jahr zum dritten Mal in Venedig. Es war diesmal in jeder Hinsicht schöner als bisher, kompletter . . . vor dem Wort „vollkommen“ habe ich eine gewisse Scheu. Am Freitag ein Nebel, dem nur der kitschige Begriff „samten“ einigermaßen gerecht wird: die Turmspitzen alle in irgendein Weiches gewickelt; vor dem Campanile plötzlich die Befürchtung, er könnte nach Auflösung der Sauce nur noch zur Häfte vorhanden sein. Vom Samstagmorgen an dann eine Luft von solch einer Durchsichtigkeit, wie sie einzig noch ein Föhntag in den Berner Alpen oder ein erster Mai auf einem Hügel über San Giminiano in der Toskana erreichen. Man möchte eine dieser Porzellanmasken vors Gesicht nehmen, denn es muß doch ein jeder durch einen hindurchsehen können.

In diesem beinahe unangenehmen Gefühl der Transparenz stand ich am Abend auf der Piazza San Marco — ich weiß nicht das wievielte Mal in den vergangenen eineinhalb Tagen —, stand und drehte mich langsam im Kreis. — Was will man auf dem Markusplatz anderes tun, als sich im Kreis zu drehen . . . und schauen, immer wieder schauen?

. . . mit einem Schlag wird mir bewußt, daß ich mich entblößt fühle, ja durch diese Massen von Menschen, durch die Ströme von Blicken in gewissem Sinne abgenagt bis auf die Knochen. — Wohin? — Ich verwerfe das „Florian“, dieses Kaffeehaus, das mir allein dadurch völlig unerträglich geworden ist, daß sich dort sämtliche nach Venedig reisenden Österreicher treffen. . . . ich bin also noch mitten im Verwerfen, gleichzeitig bereits im Gehen, stehe schließlich vor dem Eingang der Kathedrale, halte einen Augenblick inne, ergebe mich dann und gehe schließlich das vierte Mal hinein.

Wie bei jedem Eintreten schlug der Markusdom auch diesmal über mir zusammen wie zwei Wellen, die sich über meinem Scheitel traf. Auch diesmal schritt ich ganz langsam über diesen herrlichsten aller Kirchenböden, den Wunsch in den Fußsohlen, auf der Stelle die Schuhe abzulegen, meine Zehen in diese wunderbaren Unebenheiten der Mosaikfliesen zu vergraben. Auch diesmal suchte ich mit gerecktem Hals die Evangelistensymbole in den falschen Kuppeln, ärgerte mich über meine mangelnde Gelehrsamkeit, freute mich, als ich sie schließlich doch fand. . . . aber all das erklärt nicht, daß ich mich an diesem Abend in der Kirche ganz einfach einschließen ließ.

Wenn ich sage „ganz einfach“, so ist das keineswegs übertrieben, denn es war nicht notwendig, mich hinter einen Vorhang zu stellen oder unter einer Bank zu verkriechen. Ich saß in einem der Kirchenstühle am rechten Rand des Hauptschiffes, im hinteren Drittel; es mag sein, daß ich besonders reglos dasaß, mag auch sein, daß der Schatten einer Säule auf mir lag. — Jedenfalls leerte sich mit der Zeit der Dom, um etwa dreiviertel elf ging eine alte, bucklige Frau herum und löschte mit einer Stabdüse bestimmte Kerzen; sie verschwand schließlich, ich hörte noch irgendwoher das Geräusch eines Schlüssels im Schloß, dann wußte ich mich allein.

Vielleicht waren es tatsächlich nur Minuten, die ich so dasaß, vielleicht war es mir diesmal tatsächlich gelungen, an nichts zu denken . . . ich glaube, es war die Gewißheit, allein zu sein, das absolute Fehlen der Vermutung, es könnte noch jemand anwesend sein, die es mir möglich machte, so gelassen zu bleiben, als ich den ersten Ton hörte.

Alles an ihrem Gesicht war groß, die Augen, die Nase, der Mund, selbst die Ohren, soweit man sie sah — auch ein wenig abstehend —, einzig es selbst, das Gesicht, war schmal und zart. Sie gefiel mir von Anfang an. — Dies kann ich erst heute mit Sicherheit behaupten, damals war ich vorerst einzig und allein damit beschäftigt, die Fassung zu bewahren. — In diesem Augenblick war es wohl eher eine Stimme, die mir sagte: Um Gottes willen, reiß dich zusammen, du hast doch noch nie an Engel geglaubt! . . . ich riß mich zusammen und stellte fest: Sie hat einen ganz ordentlichen Ansatz, und ihr Instrument ist von erster Qualität. . . . ich habe selbst jahrelang Flöte gespielt, allerdings irgendwann am Beginn meines Studiums damit aufgehört . . . aus einer Laune, einem Tief heraus — wenn man's genau nimmt, ohne rechten Grund.

Ich war also aufgestanden und dem Ton, den sie satt und ohne viel Vibrato sicher über eine halbe Minute hielt, nachgegangen. Sie stand vorne, am rechten Fuß der Ikonostase. Sie trug einen weiten schwarzen Pullover, eine wadenlange schwarze Seidenhose und über schwarzen Strümpfen feste schwarze Halbschuhe mit einer goldenen Schnalle an der Seite. Wenn schon, dann ein Todesengel, dachte ich und fuhr damit wohl noch in der Sicherheit traditioneller Bahnen, sah jedoch gleich darauf ihre weißen langfingrigen Hände die Flöte schwebend halten, sah ihre Oberlippe sich vom Mundstück langsam heben und ihre Augen.

„Hallo“, sagte ich, „sprichst du Deutsch?“ Sie sah mich an. Ihr Haar war kastanienbraun, halblang. — „Do you speak English?“ — Sie schüttelte den Kopf. Es bereitete mir große Lust, sie auf mich reagieren zu sehen. — „Parlez-vous Français?“ — Hätte ich mehr Sprachen beherrscht, ich hätte sie vermutlich alle durchprobiert, einzig, um von ihr öfter das Kopfschütteln zu kriegen.

Sie sprach sehr rasch etwas auf italienisch. Ich lächelte verlegen und zuckte mit den Schultern. Ihre Stimme war für ihren kleinen Kopf eine Spur zu tief, außerdem etwas kratzig.

Sie hob die Flöte zum Mund und blies einen Ton an, ganz sachte, als könnte unter Umständen etwas zerstört werden. — Die Flöte mußte einen Vollsilberkopf haben . . . Sie schaute mich die ganze Zeit an. Ihre Wimpern waren lang und nicht getuscht. Ich mußte zu Boden blicken und dachte: Wenn das nur niemand hört! — Dabei wußte ich, daß es um elf in Venedig kaum mehr Passanten gibt.

Dies war der einzige Moment der Nacht, in welchem ich Angst hatte, Angst davor, hier entdeckt zu werden, vor der Frage, wie man hier wohl eine Nacht zubringen könne, vor der Schwärze dieses Engels. — Ich kann es nicht mehr recht fassen, muß mir damals die Angst jedenfalls sehr rasch von diesen Tönen wegtragen haben lassen.

In meinem Unterricht hatte „Töne aushalten“ geheißen, was sie vollführte: seinen ganzen Atem in einen Ton legen, ihn an- und wieder abschwellen lassen. — Ein Piano ist nur dann gut, wenn alle Kraft, die man aufwenden kann, in ihm steckt. — Du hast ein gutes Piano, wollte ich ihr sagen, versuchte es schließlich wortlos mit einem langsamen Schluß der Fingerspitzen vor meinem Mund. Sie verstand, spielte ein noch besseres Piano. Lächelte . . . auf keinen Fall ein Todesengel!

Ich wollte auch, ja, ich wollte auch! Antwort geben vielleicht. Oder Fragen stellen . . .

Als sie das nächste Mal absetzte, hielt ich ihr verlangend meine flachen Hände hin. Sie schaute überrascht, fragend. – Du? Ich nickte ermunternd. Sie trat hastig einen Schritt zurück, offenbar erschrocken, nahm die Flöte an ihre Brust herunter. Ich ließ die Arme sinken.

Eine Zeitlang standen wir einander reglos gegenüber. Ihre Augen schienen in dem Licht, das die wenigen brennenden Kerzen gaben, dunkelbraun. Sie riß plötzlich ihr Instrument an den Mund, blies mit äußerst gespitzter Oberlippe einen hohen Ton, ganz kurz. – Beinahe ein Pfiff, eine Warnung, streckte mir darauf die Flöte entgegen.

Am Mundstück klebte ein kleiner Tropfen von ihrem Speichel. Ich spannte und entspannte meine Lippen einigemale rasch hintereinander, um sie warm und weich zu machen. Wie für einen Kuß, mußte ich denken, und legte mir das Mundstück an die Unterlippe, drehte es einigemale hin und her, tastete mit der Oberlippe nach dem Blasloch. Die ganze Zeit sah ich sie durch meine Wimpern an. Ihre Nasenflügel bebten. Ich mußte mir ihren Mund vorstellen, als ich das erste Mal hineinblies . . . ganz sachte. Sie hatte ihre weißen Finger seitlich in ihre Hose verkrallt, stand ein wenig vorgebeugt.

Ich blies eine Intervallreihe; aus der Sext wuchs die Auftrittsarie des Tamino aus der Zauberflöte – „Dies Bildnis ist bezaubernd schön“. Sie drückte die Fingerspitzen aufeinander und lächelte. – „Mozart“, sagte sie.

Sie spielte das Zauberflötenmotiv zweimal durch, und in mir mischten sich Gedanken mit dem Rieseln, welches auf der Haut meiner Arme lag, seitdem ich beim Übergeben der Flöte gerade erst an sie gestreift war. Ihre Hände waren längst nicht so kalt, wie sie aussahen. – Sie hätte auch ihre Finger nicht so geschmeidig bewegen können.

Sie führte während des Spieles ihren Oberkörper in leichten Wellen hin und her. Der weite Pullover ließ eine zarte Figur bestenfalls ahnen. An ihre Körpergröße kann ich mich nicht erinnern. Sie war in diesem Raum wohl unwesentlich.

Zauberflöte — gemeinsam durch Feuer und Wasser gehen. Die Sentimentalität der Situation erkannte ich damals nur in Augenblicken.

Weitaus spürbarer war die Gier, die mir in Wogen in den Hals stieg: Alles Große an ihr mir in den Mund legen dürfen, zwischen die Lippen nehmen ... die Augen, die Nase, ihre Oberlippe, ihre Unterlippe, die Ohrläppchen. — Ich machte einen Schritt auf sie zu. Sie wich zurück, setzte die Flöte nicht ab, wechselte jedoch zu einer sehr kurzen, sehr raschen und stark synkopierten Melodie, die ich nicht kannte. — Hüte dich!, mochte sie heißen. Ihre Brauen hatten sich eine Spur gegen die Nasenwurzel zusammengezogen.

Das Spiel besaß einen im wörtlichen Sinn unheimlichen Reiz: An diesem Ort ein sprachloses Werben und Sich-Zieren und Wiederwerben, ein sanfter Tanz der Lippen und Zungen ... alles unter der Gefahr, jeden Augenblick irgendeinen göttlichen Blitz und Donnerschlag aus den Kuppeln herabzulocken.

Zwischendurch fiel mir auf, daß es trotz der Weite und Verlassenheit des Raumes nicht im geringsten hallte. Im Gegenteil — man hörte klar auch jeden am Mundstück abströmenden Luftstoß. Ich spielte weiter Mozart, vielleicht, um ihr noch einmal diesen Namen zu entlocken, spielte eine klagend-lockende Kantilene. Sie sagte nicht „Mozart", blieb auch nicht stehen, als ich abermals einen Schritt auf sie zutrat, zog sich zurück, zitterte an ihrem Oberkörper und zog die Nasenwurzel kraus.

Immerhin, fast ein Lächeln. Ich war wieder an ihre Hand gestreift.

Sie spielte das Adagio aus dem Flötenkonzert von Mercadante, und es geriet mir unter ihrem Anblick zu einem sizilianischen Hochzeitslied, das ich einmal gehört hatte.

Die Mitte ihrer Oberlippe formte bei den tiefen Tönen eine unwiderstehlich süße Spitze.

Ich spielte wieder Mozart.

Sie sagte nicht „Mozart", sondern spielte tiefe Töne mit gespitzer Oberlippe.

Es muß der Moment gewesen sein, in welchem mir ihre über dem Blasloch tänzelnde Zunge als Bild aufstieg, als ich die Spielregeln brach: Ich machte rasch einige Schritte auf sie zu, streckte die Arme aus, um sie an den Schultern zu fassen . . . ich glaubte erst, sie stehe meinetwegen so erstarrt, da sah ich den Mann.

Der Mann kam direkt auf uns zu, eilig; ein talarähnliches Gewand wehte um ihn. Sein Schweigen, seine Miene . . . ich erwartete ein Gericht, einige Augenblicke lang. Dann kam mir zu Bewußtsein, daß ich meine rechte Hand noch auf ihrer Schulter liegen hatte, hörte gleichzeitig ihren ersten Ton, nahm ihn wahr wie ein Wunder. Der Mann stutzte, blieb einige Meter vor uns stehen, horchte. Sie spielte Mercadante, noch einmal. Ich hörte noch einmal das sizilianische Hochzeitslied.

Was der Mann, Priester oder bloß Mesner, hörte, weiß ich nicht, aber ich sah, wie sich sein Gesicht entspannte, wie er über unsere Köpfe hinweg in irgendeine Ferne blickte und langsam zu lächeln begann.

Sie spielte, spielte, spielte. Er blieb noch eine Zeitlang stehen, wandte sich schließlich um und ging.

Sie sah mich an, hatte Schweiß auf der Stirn, lächelte schwach. Jetzt kam ich zu meinem Kuß. Sie sträubte sich nicht.

Wir schliefen in meinem Zimmer in einer kleinen Pension nahe der Stazione Santa Lucia.

Am folgenden Morgen fuhren wir mit dem Vaporetto am Friedhof von San Michele vorbei, vorbei an Murano, der Glasbläserinsel, nach Torcello. Sie hatte ihren Flötenkoffer bei sich, war wieder ganz in Schwarz.

Sie sprach nichts und lächelte mich an, als wir über den ziegelgepflasterten Weg von der Anlegestelle in Richtung Kirche gingen.

Ich hatte plötzlich eine große Scheu, sie anzugreifen. Nein, auf keinen Fall ein Todesengel!

Ich setzte mich in den uralten weißen Marmorthron auf dem Kirchenvorplatz und lachte. Sie stand vor mir, lachte zurück, hob die Hand, winkte.

Ich glaube, sie spitzte noch die Oberlippe, bevor sie sich umdrehte und in einem der wenigen Häuser verschwand.

BERNHARD HÜTTENEGGER

Wer ist da?

Ich bin Angestellter eines Geldinstituts und male in meiner Freizeit, zumeist am Wochenende und zu meinem eigenen Vergnügen, gewissermaßen für den Hausgebrauch, ohne mich deshalb als Künstler zu betrachten. Diese musische Gewohnheit, der mein Leben als Junggeselle förderlich entgegenkommt, reicht bis in meine Schulzeit zurück und mag auch der Grund sein, weshalb ich hin und wieder nach Büroschluß das Café im Künstlerhaus besuche und mich dort wohlfühle. Zugegeben, die hauptberuflichen „richtigen" Künstler betrachte ich mit ein wenig Neid, noch mehr mit Bewunderung, andererseits gibt mir das Wissen, die Grenzen meines Talents rechtzeitig erkannt zu haben, auch Zufriedenheit. Und was die eifersüchtigen Rangkämpfe und vertrackten Kleinstadtintrigen der Künstlerclique betrifft, verfüge ich keineswegs über die nötige Ellbogentechnik, wie sich leicht an meiner nicht gerade sensationellen Karriere als Bankangestellter beweisen läßt. Meine Gemälde würde ich übrigens keinem Menschen jemals zeigen; von meinem Freizeitvergnügen weiß auch niemand — die Verkäuferin des Farbengeschäftes in der Bahnhofstraße ausgenommen.

An jenem Sommerabend war der kleine Raum des Cafés berstend voll, die Künstler, die mich zwar nicht als vollwertiges Familienmitglied anerkennen, aber gleichsam als entfernten Verwandten wohlwollend in ihrer Runde dulden, gefielen sich in einer der Jahreszeit entsprechenden Ausgelassenheit. Ein Bildhauer ließ eines seiner Modelle auf seinen Knien reiten, das Hüpfpüppchen kreischte entzückt. Ein Experte vom Musil-Museum ironisierte den „Möglichkeitssinn“ des Dichters. Ein Romanschriftsteller, wohlbeleibt und gewichtig wie seine Bücher, übte seine ohnehin schon vollkommene Zurückhaltung. Auch der Cartoonist war anwesend, der sich den Luxus einer dialektfreien hochdeutschen Sprechweise leistet und sich überdies durch die Lektüre einer überregionalen großformatigen Wochenzeitung zu profilieren weiß. Eine blonde Walküre, eine Volksschullehrerin, die durch häufigen Gebrauch exotischen Vokabulars einen lyrischen Anschein erweckt, verschaffte sich einen starken Auftritt an der Seite des Kulturkritikers, welcher wiederum seinen Teil zur Geselligkeit beitrug, indem er sich einen Bart wachsen ließ. In dieser und ähnlicher Weise plätscherte das Jahrmarktstreiben der großen und kleinen Eitelkeiten vom engen Kabinett des Cafés durch die weit geöffneten Fenster in den lauen Sommerabend hinaus.

Ich hatte einen langweiligen Arbeitstag hinter mir und beschloß, von der gelösten Atmosphäre animiert, ausnahmsweise nicht sogleich nach Hause zu gehen. Ehrlich gesagt, war dieser Entschluß ein nachträgliches Alibi, denn ich befand mich bereits in jenem Stadium von Sesselschwere, da ich die Gläser Rotwein, die ich bestellte, nicht mehr zählte. An meinem Tisch saß ein Beleuchtungstechniker des Stadttheaters, der Arien im Stil Helge Rosvaenges schmetterte. Irgendwann bemerkte ich, mit einem zufälligen Seitenblick, daß eine junge, ein wenig extravagant gekleidete Frau, die mir bislang noch nie im Café aufgefallen war, mich bemerkt hatte und dies keineswegs zu verbergen suchte. Sie lehnte in nächster Nähe an der Theke und gewährte mir ihren Anblick und ihre Aufmerksamkeit. Nun, ich bin bestimmt keine außergewöhnliche Erscheinung, eher von gepflegter Durchschnittlichkeit, von einem Bohemien habe ich nichts an mir, aber vielleicht hatten die sommerliche Stimmung und der französische Landwein mir den Anflug der Aura eines Künstlers verliehen, gar eines Dichters. Denn bald unterbrach die extravagante junge Frau den arienschmetternden Beleuchtungstechniker, den sie zu kennen schien, und kommentierte, ihm zugewandt, meine Person: Ein interessanter Mann! — Eine Charakterisierung meiner Angestelltenexistenz, wie sie mir bisher noch nicht allzu oft zu Ohren gekommen war. Für einen Sekundenbruchteil mußte ich mich beherrschen, mich nicht umzudrehen, um zu prüfen, ob nicht ein hinter mir Sitzender gemeint sein könnte. Aber meine unauffällige Durchschnittlichkeit blieb auf diesen winzigen Moment der Unsicherheit beschränkt, der Rotwein hatte mich mutig gemacht: Vielleicht schimmerte meine heimliche Malerexistenz durch meine Angestelltenerscheinung, schimmerte geheimnisvoll durch mein bescheidenes Äußeres, reizvoller und interessanter als die aufdringlichen Selbstdarstellungen der hauptberuflichen Künstlerfiguren? Wer weiß, vielleicht ahnte die junge Dame meine verborgene Extravaganz? — Der Rotwein hatte mich übermütig gemacht. Der Rosvaenge-Epigone bat Anita von der Theke an unseren Tisch. Sie war Porträtmalerin, wie sich gesprächsweise herausstellte, pendelte regelmäßig zwischen zwei Landeshauptstädten hin und her und konterfeite fast ausschließlich Persönlichkeiten des öffentlichen Lebens, Regionalpolitiker zum Beispiel, was einen sicheren Absatz ihrer Bilder garantierte. Anita zeigte an die Wand auf ein kleinformatiges Gemälde, welches den kantigen Schädel des Vizbürgermeisters recht anschaulich darstellte. Sie war sehr unruhig, ihr

Gesäß in dem engen schwarzen Satinkleid vibrierte auf dem Stuhl *wie ein Hummelschwanz vorm Blütenkelch.* Sollte ich Extravaganz mit nervöser Überreiztheit verwechselt haben? Hektisch drängte Anita zum Aufbruch, Helge Rosvaenge und ich sollten mitkommen. Sie lenkte ihr Auto auf einen bewaldeten Hügel nahe der Stadtmitte, um den Opernsänger, dessen Arien mittlerweile schon quälend, weil grölend anzuhören waren, zu Hause abzuliefern. Daß sie ohne Hinweis das Wohnhaus des Beleuchtungstechnikers zu finden wußte, bewies doch, daß Anita keine Uneingeweihte der Künstlerhaus-Clique war. Helge Rosvaenge torkelte aus dem Wagen, inszenierte mit großen Gesten noch einige imaginäre Bühnenauftritte vor dem Bug des anfahrenden Autos, dann gelang es meiner in ihrer Hektik sehr zielstrebig wirkenden Chauffeuse, den Tenor, der auf dem Waldweg mit den Armen in der Nachtluft ruderte, zu umschiffen und die schmale Straße auf der anderen Seite des Hügels hinabzufahren. Während der Fahrt fragte mich Anita beiläufig, was ich denn mache, welche Werke ich denn vollbringe. Mich muß der Teufel geritten haben: Ich schreibe!, antwortete ich stolz und bündig. Also hatte ich mein heimliches Künstlertum eingestanden, ohne mein Freizeitvergnügen verraten zu haben. Der Wagen hielt vor einer einstöckigen Villa, die von einem Garten und weithin von ähnlichen schmukken Landhäuschen umgeben war. Ich konnte mich des Eindrucks nicht erwehren, daß alles einem hektischen Plan gemäß ablief, daß die Fäden der Handlung, in die ich mich mit rotweinsanfter Ergebenheit bereitwillig verstricken ließ, Anitas vibrierende Nervenfasern waren; solcherweise umgarnt, meine Bedenken sogleich wieder vergessend, stieg ich aus, Anita nahm meine Hand und führte mich, aufgeregt flüsternd, in den Garten der Villa, deren Fenster nicht beleuchtet waren. Irgendwo heulte ein Hund gegen den vollen Mond, der ihm das Rückenmark auszusaugen drohte. Die Porträtmalerin zog mich zu den Stufen einer Veranda, wo wir in der lauen Dunkelheit lagerten, an einer Weinflasche nippend, die wir vorsorglich mitgenommen hatten. Warmer Wind ging durch das hüfthohe Gras. Bruchstückhaft flüsterte Anita Andeutungen einer sentimentalen und bedrohlichen Geschichte von diesem Haus, in dem sie einmal gewohnt hätte, und von den Apfelbäumen, ihren Apfelbäumchen ... Nicht zuletzt, um ihr ekstatisches Gezischel zu beenden, um die Bebende zu beruhigen, streckte ich die Hand aus; ich hatte sie noch nicht berührt, als sie mir entgegenkam. Sie zog mich vom harten Steinboden der Veranda in den Garten. Ihre Erregung war meiner weit voraus, als sie das Satinkleid hastig hochschob, im tiefen Gras, und sich dem Sommernachthimmel hingab, dessen blauschwarze Last im Rücken mich irritierte zwischen Anitas ölglatten, flatternden Schenkeln.

Vor der Wehrlosigkeit unter freiem Himmel wollte ich in eine Höhle flüchten. Zurück zur Veranda. Während wir schwere Pappkartonschachteln, hochaufgetürmt vor der Eingangstür, wegräumten, keuchend und zufluchtsgierig, erzählte Anita, daß der ebenerdige Raum seit jeher unbewohnt gewesen sei, und zwar aus irgendwelchen dunklen Ursachen, deren Erwähnung sie wiederum in nervöse, gehetzte Erregung versetzte. Sie schwor Stein und Bein, daß der Raum bestimmt leer sei. Die zweiflügelige Tür war versperrt, aber durch eine körperbreite viereckige Öffnung rechts unten konnte man hineinkriechen. Anita kroch ins stockfinstere Innere. Als ich folgte — Anita stand drinnen neben der Tür — und ziemlich genau zur Hälfte im quadratischen Türloch steckte, auf allen vieren, das Oberteil im schwarzen kühlen Innenraum, das Hinterteil in der schwülen Mondnacht draußen, ertönte eine Stimme von über- oder außerirdischer Resonanz, denn der ganze dunkle Raum tönte, die volle schwarze Leere dröhnte; eine furchtbare, uralte, menschenkörperlose Stimme, die nur aus dem Vollbart eines unsichtbaren Riesen kommen konnte, fragte, ruhig und sorgfältig artikulierend, aus dem vom schaurigen, kehligen Klang vollständig ausgefüllten Raumdunkel heraus: „Wer ist da?" — Nach der ersten Schrecklähmung drängte Anita meinen Vorderleib aus dem Türloch, hechtete in panischer Angst aus der vom Bartgestrüpp des Riesen zugewachsenen schwarzen Höhle ins Freie und landete auf dem harten Steinboden der Veranda, wo sie wimmernd, bebend und gepreßt schluchzend auf den Scherben der Weinflasche liegen blieb. Den hysterisch hervorgestoßenen Erklärungen konnte ich, ein Gefangener meiner eigenen statuenhaften Angststarre, entnehmen, daß sie ja immer gewußt hätte, daß ER noch da sei, immer noch, immer wieder ... Wer ist da? Hast du gehört? ER ist da! Ja, ER ist noch immer da! ... Immer habe sie gewußt, daß ER noch da sei ... und die Apfelbäumchen, wie damals ... Hast du gehört? Wer ist da? — ich erschrak zum zweitenmal: Sie hatte die kraftvolle Mannesstimme täuschend echt nachgeahmt, wenngleich das Echo des leeren Raumes fehlte, hatte den Riesen verspottet, aus tiefstem Bauch heraus ... Unter krampfhaften Zuckungen, die ihren auf die Veranda hingeschleuderten Körper von den Fersen bis zum Nacken wellenartig erfaßten, und stöhnend vor wollüstiger Angst bedeutete mir Anita, daß ihre Handtasche im Inneren zurückgeblieben sei, unweit der Türe. Nach der Überlieferung der Heldenepen ist es Aufgabe des Ritters, in den Rachen des Drachen zu greifen. Ich dachte erstmals für eine Sekunde lang an die Möglichkeit eines üblen Schabernacks, wollte mich dann weigern, diese mittelalterliche Mutprobe, eine Belebung der Ideale höfischer Minne, zu unternehmen, griff aber dann doch, nachdem keine Schritte zu hören, kein Laut mehr zu vernehmen und mein Zittern ein wenig verebbt war, ins schwarze Loch, ertastete das Täschchen und zog meinen Arm mit der symbolischen Trophäe und ohne die gräßlichen Bißwunden giftiger Reißzähne rasch zurück. — Wie es in Gespenstergeschichten heißt, ich fühlte mich um Jahrzehnte gealtert, zweifellos waren meine Haare von einem Augenblick auf den anderen schlohweiß geworden und meine Augen blinde Glaskugeln. Vor allem aber wunderte ich mich, daß ich den Schrecken überlebt hatte. Und diese Überraschung wiederum belebte mich. Mein Haar behielt seine natürliche Farbe, meine Augen vermochten zu schauen. Sollte ein Schrecken nicht vielleicht auch euphorisierende Wirkung ausüben können, einem Stromstoß gleich? Der Horror als Vitalkur? Todesangst als schockartige Verjüngung der Körperzellen? Elektrisiert der Schrecken nicht alle Sinne? Die schreckliche Lust? — Wenn es einen Wirklichkeitssinn gibt, muß es auch einen Möglichkeitssinn geben!, hatte der Musil-Experte im Café doziert: Was möglich ist, ist auch wirklich!

Anita war imstande zu chauffieren. Die Kurve ihrer Erregung neigte sich talwärts, obgleich sie nach wie vor monomanisch vor sich hin flüsterte, sich selbst widersprechend, daß der Raum ganz gewiß leer und unbewohnt sei, seit sie im ersten Stock dieser Villa gewohnt hätte, daß ER wieder dort, noch immer dort sei — und ihre Apfelbäumchen ... Ich, meinerseits, schwankte zwischen nervöser Erschöpfung und dem Versuch, den Vorfall nüchtern zu überdenken. Aus dieser Unentschlossenheit heraus schob ich meine Hand unter dem Satinkleid zwischen Anitas Schenkel, die kühl und feucht waren. Sie schien nichts bemerken zu wollen, lenkte den Wagen entschlossen in die Außenbezirke der Kleinstadt. Überhaupt, fiel mir wieder auf, verlief die ganze Nacht in ihrer geheimnisvollen Zielstrebigkeit wie nach einem unausgesprochenen Fahrplan, den *ich* jedenfalls nicht entworfen hatte. Ich war ein Passagier dieser rasenden Vorfälle. So viel wurde mir immerhin klar in meinem bescheidenen Angestelltengehirn, als Anitas Schenkel sich wärmten und zu zittern begannen, der Wagen hielt und wir ausstiegen. Die Porträtmalerin bewohnte ein Zimmer im Einfamilienhaus von Bekannten, welches auf einer Anhöhe lag; man konnte beim Aussteigen das kleinformatige Diapositiv der Silhouette der Landeshauptstadt bestaunen, die in der violetten Sommernacht traumdämmrig über ihrer eigenen regionalen Wichtigkeit brütete.

Nachdem Anita ihr Kleid über den Kopf gestreift hatte und im mondhellen kleinen Zimmer nackt zwischen all den Koffern und Schachteln und Kisten neben der Staffelei stand, war ihr hektisches Gezischel für eine kurze Weile verstummt. Sobald ich sie berührte, schien SEINE Stimme sie wieder zu erfassen. Sie begann zu beben, ließ sich fallen in den dunklen leeren Raum der Villa zwischen den Apfelbäumchen im tiefen Gras, in den Abgrund einer delirierenden Ekstase, geschüttelt von wollüstigem Schrecken, von schaurigen Spasmen der Angst und Lust und Lust und Angst, verging, verlor sich in schrecklicher Wonne; „Ich hatte solche Angst!“, wimmerte sie, ihre Erregung jedesmal steigernd, immer wieder, „Ich hatte solche Angst!“, elektrisiert von der Droge Horror, gehetzt von der machtvollen Stimme, „Wer ist da?“, stöhnte sie aus rauher Kehle, aus tiefstem Leib, stürzte in die dröhnende schwarze Leere der bärtigen Höhle, in meine Schulter verbissen, gab sich dem Riesen hin, wilder als vorher der Nacht, außer sich vor Verzückung, „Wer ist da?“ — stöhnend, „Ich hatte solche Angst!“ — wimmernd, stürzte in SEINEN tönenden dampfenden Rachen, die vielen kleinen, uralten Lusttode sterbend — als plötzlich, genau in diesem Augenblick, in dem Moment, da der Bussard die Flügel faltet vor dem Sturz, die Bettstatt krachend zusammenbrach und zu guter Letzt das unvollendete Porträt eines Kommunalpolitikers von der Staffelei mir ins Kreuz sauste . . .

Dann lächelte Anita sanft und wurde mild wie der Wind im Gras. Alles war weit weg. Sie sagte: „Du hast Haare wie Stroh, aber sonst bist du nett!“ — Zwar bin ich langsam, doch gründlich von Begriff: Denn nach diesem sanften milden Satz, den Anita mir zugelächelt hatte, nach dem Gewitter ihrer Ekstase, wußte ich, daß ich nur der Strohmann ihrer rasenden Schreckenslust gewesen war und Angst ihr Aphrodisiakum. „Du mußt jetzt gehen“, meinte Anita. Über die Staffelei, die fragmentarische Visage des Kommunalpolitikers auf dem Boden, über die Bestandteile der Liege- und Liebesstatt steigend, fragte ich aus Gewohnheit nach einem möglichen zweiten Zusammentreffen, nach Telefonnummer und Adresse der in Drachenblut gebadeten Prinzessin, hatte ich doch die Mutprobe bestanden, die Trophäe des Handtäschchens aus dem Bart des Riesen gepickt, also holde Gunst und Hingabe verdient

... Die Antwort war abschlägig. Ein Angestellter eines Geldinstituts, mit einem künstlerischen Freizeitvergnügen, ein eher naiver Mensch, ging an jenem Sommermorgen, als die Stadt zu erwachen sich anschickte, eine Anhöhe an der Peripherie hinab, kam am Bärenzoo vorbei, aber kein Tier war zu sehen, alle Bären schliefen noch.

Längere Zeit später besuchte ich wieder einmal das Künstlerhaus-Café, stand an der Theke, trank einen Kaffee, während hinter meinem Rücken zwei Stammgäste, die ich vom bloßen Sehen kannte, sich angeregt unterhielten. Ich horchte auf, wandte mich um, als die beiden Gäste zu ihrem eigenen Vergnügen eine parodierende Wechselrede anstimmten, einen spielerischen Dialog imitierten, der beide Akteure aufs äußerste erheiterte: „Wer ist da?", brummte der eine, mit tiefster Baßstimme. Schallendes Gelächter. „Ich hatte solche Angst!", spottete der andere, in wimmerndem Fistelton. Wiehernde Heiterkeitsausbrüche unterbrachen den Dialog, den die beiden Stammgäste immer wieder, immer grotesker persiflierten. Ich bezahlte meine Melange und verließ das Künstlerhaus-Café. Ich ging nicht wieder hin.

ERIKA MOLNY

Fremde

Da sitzen wir nun in der Gaststube dieses Waldviertler Wirtshauses, ach was Gaststube, ein Speisesaal ist es, man hat hier ausgebaut. Da sitzen wir, und obwohl wir außer den Wirtsleuten und der Kellnerin die einzigen Österreicher sind, sind wir die einzigen Fremden hier. Wir waren nicht eingeplant, mit uns hat man nicht gerechnet, hundertmal Menü war vorbestellt, zwei Extraportionen müssen warten, bis die deutsche Reisegruppe abgefertigt sein wird. Da sitzen wir also, trinken unseren Wein auf nüchternen Magen, es wäre ein guter Zeitpunkt, um miteinander zu reden, aber man versteht sein eigenes Wort nicht bei dem Höllenlärm, und so sitzen wir also nur da und werden den Wein spüren, bevor wir die Suppe serviert bekommen.

Ich kann an deinem süffisanten Lächeln ablesen, daß du im Geiste bereits die Erzählung formulierst, mit der du später unsere Freunde zu amüsieren gedenkst. „Da sagt man dieser Frau“, wirst du sagen, „nach dreißig Ehejahren: Nun wähle doch du einmal den Urlaubsort, und ich wäre mit allem einverstanden gewesen, mit der Provence oder mit Schottland oder meinetwegen mit der Toskana, obwohl dort wirklich schon Krethi und Plethi hinfährt, und was tut sie? Führt mich in ein Waldviertler Wirtshaus, aber nicht etwa in ein schönes, altes Landgasthaus, denn das hätte auch seinen Reiz, nein, sie führt mich in eine Touristenabfertigungsstation.“ Schon fühle ich mich in Gedanken schamrot werden, wenn ich mir das Gelächter unserer Freunde vorstelle, doch dann fällt mir ein, daß ich es nicht mehr hören werde, denn ich bin hierher gekommen, um dir zu sagen: Ich werde dich verlassen.

Im allgemeinen bekommt wohl der Ort, an dem sogenannte entscheidende Aussprachen stattfinden, erst im nachhinein Bedeutung, und es bleiben sogar irgendwelche Gegenstände, die man während des Gespräches angestarrt hat, um dem anderen nicht in die Augen sehen zu müssen, stärker im Gedächtnis als die Worte, die gesagt wurden. Das Muster des billigen Kunstdruckvorhanges, der ländliche Behäbigkeit vortäuschen soll, stärker im Gedächtnis als der Satz: „Ich werde dich verlassen, weil uns dreißig Jahre keine Gemeinsamkeit gebracht haben", der angeschlagene Keramikaschenbecher stärker im Gedächtnis als der Satz: „Mach dich nicht lächerlich, natürlich ist da niemand anderer, aber ich habe nicht mehr viel Zeit." Entscheidende Aussprachen sind in Wahrheit nicht mehr entscheidend. Sie finden zu einem Zeitpunkt statt, zu dem die Partner einander fremd geworden sind. So fremd, daß einer die Sprache des anderen nicht mehr versteht.

Was wird dir im Gedächtnis bleiben? Die blonde Löckchenperücke der dicken deutschen Frau am Nachbartisch, die du anstarrst, weil du noch Details für deine humorvolle Urlaubserzählung sammelst? Ja, diese Frau wirkt lächerlich, ich gebe es zu: Die unglückselige Perücke sitzt ein wenig schief, Alkoholhitze hat ihr Make-up aufgeweicht. Trotzdem signalisiert mir ihr grelles, scharfes Gelächter, daß sie sich im Augenblick als Königin fühlt, und ich bin in Versuchung, dir zu sagen: „Glück müßte uns auch in lächerlicher Form ehrfürchtig machen", doch dann denke ich, du würdest mich nicht verstehen, und das nicht nur, weil es hier so unerträglich laut ist.

Während mein Gehirn gegen den Alkohol

ankämpft, der mich in eine Stimmung versetzen will, in der ich bereit wäre, mit dir um des billigen Gelächters willen gemeinsame Sache zu machen und eine fette deutsche Frau mit Perücke zu verspotten, während ich versuche, die Sätze, die ich mir zurechtgelegt hatte, gegen das wohlige Gefühl, das der Wein auslöst, zu verteidigen, denke ich, daß du mich nicht ernst nehmen wirst, daß du meinen Entschluß, dich zu verlassen, mit einem raschen Satz zur Farce degradieren wirst, und daß ich dich gerade deshalb verlassen werde, weil du mich nicht verstehen wirst.

Wir sind Fremde geblieben in diesen dreißig Jahren. Ja, wir haben immer etwas zu reden gewußt: deine Arbeit, meine Arbeit, unsere Kinder, unsere Freunde. Wir haben immer Gesprächsstoff gehabt und sind uns doch fremd geblieben. Wir waren vertraut bis an die Grenze: du kennst mein Gesicht ohne Schminke und du hast mich in schmutzigen Bettüchern liegen gesehen, und ich kenne den Geruch deines Körpers und dein Gesicht, wenn es naß von Fieberschweiß ist. Und doch sind wir uns fremd geblieben. Hättest du nicht, als ich ausgerechnet diesen Ort als Urlaubsziel gewählt habe, ahnen müssen, daß in unsere Beziehung eine Änderung eintreten wird, hättest du nicht augenblicklich begreifen müssen: Sie will mich verlassen?

Statt dessen sitzt du ahnungslos da, schenkst dir nach, hebst dein volles Glas und trinkst, um deinen Hohn auf die Spitze zu treiben, der Deutschen zu, ziehst sie in deinen Blick, als wolltest du ihr sagen: Ich liebe dich.

Ja, ich bin als Kind in diesem Ort gewesen, ich bin sicher, daß ich dir davon erzählt habe. Die alte Poldi ist nicht mehr da, natürlich nicht, aber ich bin sicher, daß ich dir von ihr erzählt habe, von ihren schrundigen, schmutzigen Händen und von ihrem mütterlichen Körper, der nach Stall und saurer Milch roch, und du hättest wissen müssen, weshalb ich hierher fahren wollte. Ich selbst habe den Ort auch kaum wiedererkannt, er hat sich den Fremden zuliebe verändert, aber der Hügel, der wahrscheinlich ein Keltengrab ist, ist noch da. Ich bin sicher, dir erzählt zu haben, daß dieser Hügel den Leuten im Ort heilig ist, weil sieben Quellen aus ihm entspringen, und weil die Leute sagen, daß innerhalb des Einzugsgebietes dieser Quellen noch nie ein Krieg stattgefunden hat. Oder nein, das habe ich dir wahrscheinlich doch nicht erzählt, denn du hättest Glossen über diesen Volksglauben gemacht, und das ist einer der Gründe, warum ich dich verlassen werde. Denn eine Beziehung, in der ein Partner Angst haben muß, dem anderen etwas zu erzählen, weil sich der andere darüber lustig machen könnte, ist eine so widerwärtige Ungeheuerlichkeit, daß sie beendet werden muß. Und sei es nach dreißig Jahren.

Aber du wirst das nicht verstehen. Du wirst glauben, ich inszenierte eine hübsche, kleine Eheszene, bräche einen Streit vom Zaun, nur weil du der armen, lächerlichen Frau am Nachbartisch zutrinkst, spielte die Eifersüchtige, die Beleidigte, die Vernachlässigte, nur um dir jene Abwechslung zu bieten, die ich dir durch die Wahl eines absurden und langweiligen Urlaubsortes vorenthalten habe. „Nein, es war zu amüsant", könntest du unseren Freunden erzählen, „dann mimte sie die Betrogene, gerade als wären wir jung verliebt."

Ich fühle mich als Betrogene, aber nicht so, wie du meinen würdest. Ich habe keine Ahnung, ob du während unserer langen Ehe jemals Affären gehabt hast. Wahrscheinlich. Denn es gibt wohl keinen

Mann, der in dreißig Ehejahren nicht einmal eine Affäre hat. Ich habe nichts davon bemerkt, denn du bist immer diskret gewesen. Und gerade deshalb fühle ich mich betrogen. Nicht einmal das war zwischen uns. Sogar das Gefühl der tödlichen Kränkung, der rasenden, leidenschaftlichen Eifersucht wäre ein Gefühl gewesen und besser als diese gottverdammte diskrete, sterile, wohltemperierte Ehe, die wir geführt haben. Du bist mir das große Gefühl schuldig geblieben, und deshalb werde ich dich verlassen, denn ich habe nicht mehr viel Zeit.

Ja, ich habe dich tausendmal dabei beobachtet, wie du irgendwelchen Frauen tief in die Augen geschaut hast, so wie gerade jetzt der armen Perückenfrau. Und es hat eine Zeit gegeben, da habe ich dir den Gefallen getan, ich habe dir anerkennend auf die Schulter geklopft und gesagt: „Na also, du alter Don Juan, das war ja wohl wieder ein Abschuß mehr"; doch irgendwann habe ich durchschaut, wie gemein und ekelhaft dein Verhalten den Frauen gegenüber war, wie du sie und damit mich betrogen hast. Deshalb mache ich dir auch nicht die Freude, dir zu berichten, daß deine Perückenfrau vorhin mit mir auf der Toilette war, daß sie mich mit dem verlegenen Lächeln der Siegerin angeschaut hat, daß sie sich parfümiert hat, als täte sie es für eine zärtliche Nacht. Obwohl ich wußte, daß sie das Opfer eines Betruges war, habe ich sie um ihr Gefühl beneidet und einen Augenblick war ich in Versuchung, ihr zu sagen: „Ihr Triumph ist nicht so groß, wie Sie glauben, meine Liebe, denn ich überlasse ihn Ihnen kampflos."

Ich habe nichts dergleichen getan. Natürlich nicht. Ich habe die Toilette verlassen, um zurück in den Speisesaal zu gehen, ging dann aber in die Küche, ich kannte den Weg, obwohl das Gasthaus umgebaut worden ist, und während ich mir noch einredete, ich wollte an unsere Suppe erinnern, bevor der Wein uns endgültig das Gehirn vernebelt haben würde, wußte ich doch, daß ich auf der Suche nach etwas ganz anderem war. Ich öffnete die Küchentüre, erwartete den altvertrauten Geruch, den ich vor fünfunddreißig Jahren gekannt hatte, diesen Geruch nach Holzfeuer, nach Rauch, nach Knoblauch und Geselchtem, nach sauer geronnener Milch, nach Schweinefutter, nach feuchten Stallsocken und nach ungewaschenen Menschen.

Man hat auch die Küche umgebaut. Selbstverständlich. Ich betrat nicht mehr den dunklen, niederen Raum mit seinen rauchgeschwärzten Wänden und dem blau gekachelten Herd mit der gesprungenen Eisenplatte und den ewig dampfenden Wassertöpfen. Was für mich der Inbegriff an Geborgenheit war und immer geblieben ist, ist jetzt eine Art Laboratorium, mußt du wissen. Weißglänzender, sorgfältig gepflegter Mikrowellenherd, Geschirrspülmaschine, grelles Neonlicht, die dienstbaren Küchengeister in tadellos weißen Arbeitsmänteln. Nur eine alte Frau, auch sie in tadellos weißem Mantel und Küchenhäubchen, erinnerte mich an die alte Poldi, doch die Poldi lebt nicht mehr, sie liegt schon längst auf dem Friedhof, ich werde morgen ihr Grab besuchen. Die Alte hüpfte geschäftig hin und her, legte rote Paprikastücke auf Fleischportionen, hundert rote Paprikastücke für die deutsche Reisegruppe, und doch war ich in Versuchung, mich ihr in die Arme zu stürzen und zu betteln: „Poldi, erklär mir alles“, denn ich war wieder das Kind von damals, mußt du wissen.

Dunkler, niederer Raum, von einer Glühbirne ohne Lampenschirm schwach erleuchtet. Wärme des Holzfeuers und Wärme der Körper, die eng aneinander gedrückt um den großen Tisch sitzen. Blau gekachelter Herd mit dampfenden Wassertöpfen und mit dem großen Topf, in den alle Speisereste kommen und für die Schweine gekocht werden. Die Luft schwer vom Geruch nach sauer geronnener Milch und Rauch, nach Menschen, nach Geborgenheit.

Jeden Abend sitzt das Kind eingekeilt zwischen der alten Poldi und der blödsinnigen Resl, das ist die ledige Tochter der Poldi und ist die Saumagd und hat selbst schon ein lediges Kind. Jeden Abend sitzt das Kind da, weiß nicht, was ein lediges Kind ist, aber ahnt, daß es etwas Schlimmes sein muß, sitzt da und wartet auf die guten Speisen, die Rahmsuppe, das schwarze Geselchte, die Feifleck, die rasch auf der Herdplatte gebacken werden, sitzt da und schlingt gierig und fühlt Geborgenheit, wenn die Speisen seinen Magen füllen. Jeden Abend weiß das Kind, daß es diese Geborgenheit nicht verdient hat, und schämt sich. Denn das Kind darf nicht die Schule besuchen, weil es in der Stadt schon mit der höheren Schule begonnen hat und die Ordnung der kleinen Dorfschule stören würde. Und das Kind schämt sich, weil es zur Bauernarbeit nicht taugt, weil es Angst vor den Kühen hat und sich vor den Schweinen ekelt und auf dem Acker rascher ermüdet als die kleineren Kinder. Und schämt sich, weil es trotzdem hungrig ist, und schämt sich, weil es fremd ist, und schämt sich, weil es das Essen noch weniger verdient hat als der Russe.

Der Russe ist der einzige, der nicht am großen Tisch sitzen darf, er hockt neben dem Küchenherd, auch er ist fremd, aber er taugt wenigstens für die Bauernarbeit. Wenn die Scham das Kind zu überwältigen droht, wirft es einen verstohlenen Blick auf den Russen.

Jeden Abend verläßt der Russe als erster die Küche. Er wischt mit einem Brotrest das letzte Fett aus seiner Schüssel, dann nimmt er seine Jacke vom Haken und geht. Die anderen schauen sich an, lachen gutmütig und sagen: „Jetzt geht er wieder", aber das Kind wagt keine Frage.

Später kriecht es in das Bett, das es mit der alten Poldi teilen muß, hofft, daß die Poldi nicht gleich kommen soll, damit es mit seinen Gedanken allein sein kann. Liegt da, hört zu, wie ein Bursch nebenan in die Kammer der blödsinnigen Resl kommt, liegt da, fühlt die eigenen plumpen Kinderhüften, fühlt das eigene Herzklopfen und denkt an den Russen, obwohl es weiß, daß es verboten ist, an den Russen zu denken. Liegt da, hofft, daß es mit seinen Gedanken allein sein kann, und wartet doch darauf, daß die alte Poldi endlich schlafen kommen soll, um das Kind mit in ihren geräuschvollen, nach saurer Milch und Stall riechenden Altweiberschlaf zu nehmen.

Dann geschieht etwas. Wie jeden Abend schaut das Kind heimlich den Russen an. Aber diesmal schaut der Russe zurück, er schaut das Kind an, das Kind ist sehr erschrocken und glaubt, daß der Russe vielleicht zur Poldi schaut oder zur blödsinnigen Resl, doch dann läßt es sich in die Augen des Russen fallen, versinkt in einem silbernen Meer, sieht einen Strahlenglanz, der die dunkle, niedere Küche erhellt, spürt sein Herz singen und wendet den Blick erst ab, als es Angst hat, die anderen könnten es gesehen haben, und als es Angst hat, es müßte im nächsten Augenblick sterben.

Später im Bett fühlt die alte Poldi dem Kind die Stirn und sagt: „Hast leicht a Fieber?"

Als der Russe am nächsten Abend die Küche verläßt, kriecht das Kind nicht wie sonst ins Bett, sondern schleicht hinter dem Russen her, mit rasendem Puls, wie zu einer geheimen Verabredung. Der Russe merkt nichts davon, er hat nicht auf das Kind gewartet, er geht durch die Nacht und er geht bis zu dem Hügel, den die Leute im Ort für heilig halten, weil sieben Quellen aus ihm entspringen. Der Russe erklimmt den Hügel, er schaut nach Osten, er breitet die Arme aus, schreit, weint, schluchzt und brüllt wie ein rasendes Tier, ist so außer sich, daß er nicht bemerkt, wie das Kind ihn aus der Dunkelheit anstarrt, und nicht bemerkt, daß das Kind, wie von Gespenstern gejagt, heimläuft.

Danach ist das Kind sehr krank. Die alte Poldi tröstet es mit ihrem alten Körper, der nach saurer Milch und Stall riecht, bringt Rahmsuppe, wechselt die Bettwäsche, lacht gutmütig und sagt: „Jetzt bist ka Kind mehr."

Später, als das Fieber gewichen ist, bettelt das Kind, das nun eine junge Frau ist: „Erklär mir alles", und die Poldi lacht wieder gutmütig und sagt: „Heimweh hat er halt. Es wissen eh alle im Dorf, daß er jeden Abend zum Hügel geht und schreit. Der Hügel holt's aus ihm, weil der Hügel heilig ist."

Da weint das Kind, das nun eine junge Frau ist, und es weint aus Mitleid mit dem Russen, und es weint, weil man ihm gesagt hat, daß ein Mann nicht weinen darf, und weil es sich für den Russen schämt, und weint in Wahrheit doch nur über die demütigende Zurückweisung, die ihm widerfahren ist. Die alte Poldi streichelt das Kind, das nun eine junge Frau ist, und sagt: „Ich glaub's dir schon, daß er dich angeschaut hat, so daß du gedacht hast, du bist im Himmel. Aber er hat dich nicht gesehen. Es ist nur sein Heimweh."

Die deutsche Reisegesellschaft ist aufgebrochen, der Lärm haftet noch in den Ohren wie ein langsam abebbender Schmerz. Dann wirkt unser Tisch beinahe gemütlich. Die Alte aus der Küche, welche der Poldi von damals ähnelt, hat Rahmsuppe gebracht und mit verlegenem Lächeln gesagt: „Mir ham für Sie extra gekocht, deshalb hab'n S' so lang warten müssen", ist dann noch bei uns stehengeblieben und hat gesagt: „San S' fremd in der Gegend? Gar viel gibt's bei uns nit zum Anschauen. Aber draußen vorm Dorf is a Hügel, der soll a Keltengrab sein und die Leut halten ihn für heilig." Als sie später mit unseren Fleischportionen kommt, warten wir, bis sie gegangen ist, schieben dann gleichzeitig die roten Paprikastreifen zur Seite und lächeln uns an wie Verschwörer.

Es wäre ein guter Zeitpunkt, um zu reden. Doch der Wein ist mir zu Kopf gestiegen, ich kann die Sätze, die ich sagen wollte, nicht mehr finden. Ich denke, daß wir nur wenige Jahre, nachdem ich dieses Dorf verlassen hatte, geheiratet haben, ich spüre nach so vielen Jahren noch einmal den entsetzlichen, demütigenden Schmerz der Zurückweisung, ich schaue dein Gesicht an und erkenne darin Müdigkeit und Resignation. Und ich denke, daß vielleicht nicht du mir das große Gefühl schuldig geblieben bist, sondern daß vielmehr ich nach jenem Erlebnis keine Gefühle mehr zugelassen habe. Ich will sagen, so wie ich es mir vorgenommen hatte: „Ich werde dich verlassen", und sage: „Es tut mir leid." Und du sagst: „Gott, es ist doch ganz amüsant", und ich denke, daß wir einander sehr fremd sind. Wir haben nur mehr sehr wenig Zeit. Aber man könnte es versuchen.

BARBARA NEUWIRTH

Das ähnliche Gesicht

„Diese Frau, die ich liebte", sagte Mistral, „war nicht anders als andere Frauen. Ich lernte sie bei der gemeinsamen Arbeit des Adventkomitees der Stadt kennen, in der ich von meiner Firma als Regionalleiter eingesetzt worden war. Durch Zufall wurde ich Zeuge eines Gesprächs, das sie mit einer mir bereits bekannten Frau führte. Sie sprach völlig ungezwungen über ein Verbrechen, das man an ihr verübt hatte. Ich wagte nicht, mich ihr zu nähern, aus Angst, sie mit meiner Aufdringlichkeit in Verlegenheit zu bringen. Trotzdem versuchte ich, ihre Aufmerksamkeit zu erregen. Ich schlug dem Komitee ein gemeinsames Abbrennen aller Christbäume am sechsten Jänner vor. Als Schauplatz nannte ich die Hügelkuppe, wo die Sonnwendfeiern stattfinden. Die Reaktion war unvermutet heftig: Während ein Lager sich gebärdete, als wäre ich der leibhaftige Teufel, lobten mich die Dummköpfe der Stadt aufs unerträglichste. Die Intelligenz schwieg verstört: Ihr Wunsch, sich keinem dieser beiden Lager anzuschließen, machte es ihr unmöglich, Stellung zu nehmen.

Der Abend verlief in einem Tumult, und schließlich brach der Bürgermeister die Versammlung ab, damit die Gemüter sich beruhigen konnten. Beim Verlassen des Saales traf ich, gelenkt durch den Zufall, auf Lisa und sie sah mir voll Interesse ins Gesicht. Sie lachte. Sie lachte so, als hätten wir gemeinsam einen kleinen, übermütigen Plan ausgeheckt, der alle Honoratioren der Stadt in Verwirrung bringen sollte, und der aufs beste geglückt war. Dieses offene, fröhlich zärtliche Lachen unterwarf mich ihren Launen. Ich lachte zurück. So begegneten wir einander das erste Mal."

Mistral schenkte sich etwas Wein in den Becher, er beugte die Schultern vor, bis sein Gesicht sich selbst beschattete, und seine Stimme setzte so ruhig ein, daß die Anstrengung, die dahinter steckte, sich auf seinen Zuhörer übertrug.

„Beim nächsten Mal, als ich sie auf der Straße beim Einkaufen traf, zauberte sie sofort wieder dieses vergnügte Lachen auf ihr Gesicht, das mich glauben machte, mein Anblick freute sie. Ich schritt auf sie zu und bat sie, ihr beim Tragen ihrer Taschen helfen zu dürfen. Sie lud mich zum Kaffee. Bald plauderten wir über Gott und die Welt, und als ich aufblickte, war der Tag der Nacht gewichen und wir hatten Stunden im Gespräch verbracht, lachend und grübelnd. In ihren erstaunten Augen sah ich, daß sie nicht weniger verblüfft war. Wir trennten uns ohne Verabredung. Es war nicht nötig, denn am nächsten Tag schon führte uns der starke Wunsch, einander wiederzusehen, zusammen. Als ich den Bus benutzte, entdeckte ich sie, und sie war ebenso wie ich auf dem Weg zu einer Ausstellung. Gemeinsam betrachteten wir die skurrilen Objekte und kehrten schließlich in einem Café ein. Wir waren die letzten Gäste, die aufbrachen. Diesmal war unser Abschied weniger gelöst; wir hielten einander an den höflich vom Körper gestreckten Händen, betrachteten einander voll Verlangen und gingen doch getrennte Wege.

Am darauffolgenden Morgen kam sie zu mir. Ich hatte sie nicht erwartet, meine Zimmer waren unaufgeräumt. Ohne einen Blick auf die Unordnung zu werfen, setzte sie sich aufs Sofa und begann zu sprechen: ‚Ich denke nur noch an Sie. Es ist anstrengend und es verwirrt mich. Ich möchte

Sie gerne in meinen Armen halten und Ihren Körper spüren. Ich bin zu Ihnen gekommen und ich biete mich Ihnen an. Allerdings nur so, wie ich bin. Ich wünsche zu wissen, was Sie für mich empfinden. Ich will Ihre Geliebte werden. Aber hören Sie gut zu: Ich werde es nur sein, wenn ich die einzige Frau bin für Sie. Bedeutet eine andere Frau ähnliches für Sie, dann werde ich gehen. Ich kann Ihre Geliebte nur sein, wenn ich für Sie einmalig bin.'

Mir war bei ihren Worten ganz heiß geworden. Sie, die Frau, die ich begehrte, bot sich mir mit den offensten Worten als Geliebte an. Ihre Bedingungen waren mir gleichgültig. Nachdem sie ihre kleine Rede beschlossen hatte, blieb sie unbeweglich in dem großen Möbel sitzen. Ich räusperte mich und antwortete: ‚Ich will dich, Lisa. Ich will, daß wir einander vertrauen.' Gleichzeitig war es mir aber unmöglich, mich ihr zu nähern, meine Knie zitterten und ich stand einfach so da. Unsicher erhob sie sich und kam auf mich zu. Wir standen nahe, beide voll Angst und Freude. Zaghaft berührte ich ihre Oberarme und beugte mich zu ihr. Unsere geschlossenen Lippen streiften übereinander."

Mistral brach ab. Diesmal zitterten seine Hände, als er nachschenkte.

„Wir verbrachten die Nacht zusammen. Ich war verwirrt und doch glücklich. Es war anders als sonst, schön und doch vorsichtig. Ich wußte nichts von ihr. Das war es, was ich in dieser Nacht lernte."

„Von da an waren wir die meiste Freizeit beisammen, und die anfängliche Freude wich einer zögernden Vertrautheit, die durch die leisesten Vorfälle verscheucht werden konnte. Wir sprachen viel miteinander. Sie erzählte ein wenig aus ihrer Kindheit und ich beantwortete ihre Fragen sorgfältig.

Oft unterhielten wir uns über die Situation der Gemeinde, über die Probleme der Region und des Restes der Welt. Später verstummten wir manchesmal, aber es beunruhigte uns nicht, es war eine Phase der Ruhe. Wir sahen einander jeden Tag und jede Nacht. Unsere Leidenschaft wuchs. Und doch: Immer wieder spürte ich, daß sie sich von mir löste, wegtrieb von unserer Gemeinsamkeit, mich betrachtete, als wäre ich ihr vollkommen gleichgültig. Auch bei mir gab es Tage, da fühlte ich keine Verbundenheit mit ihr, aber ich wußte, daß diese Phasen nur Stunden anhielten. Wenn sie von mir abgelöst war, erschien sie mir unerreichbar fern, mich hätte sie jederzeit durch die geringste Anstrengung zurückholen können. Vor allem, wenn wir einige Tage getrennt waren, entwickelte sich bei ihr diese Kühle und Selbstbestimmtheit, in der ich keinen Platz zu haben schien. Ich begann, die Trennungen zu fürchten."

„Zu jener Zeit erschien ein Unbekannter in der Stadt, der den Posten eines Bibliothekars übernahm. Er war eine eigentümliche Gestalt, ein bißchen bucklig fast. Sein überaus dichtes Haar kämmte er straff aus der Stirn, um aus schläfrig halboffenen Augen die Bibliotheksbenutzer zu mustern. Er war mir vom ersten Augenblick an unangenehm. Ich erzählte Lisa von meinem Widerwillen und sie lachte und sagte, daß auch ihr seine besonders starke erotische Ausstrahlung aufgefallen sei. Ihr Spott unterhielt mich und gemeinsam malten wir uns aus, daß die biederen Damen nun von einer krankhaften Lesewut befallen würden, um in der Bibliothek an ihm vorbeistreifen zu können und seinen Körper zu riechen. Noch nie zuvor hatten wir uns über andere Menschen lustig gemacht, und bald erschien mir unsere Fröhlichkeit zynisch und der Spott grausam. Ich bat Lisa, das Thema zu beenden, aber meine Zurückhaltung ließ sie nur noch hitziger fortfahren, beflügelt von den wenigen Worten, die ich am Anfang unseres Gesprächs beigesteuert hatte. Eine Aufregung hatte sie erfaßt, die ich nie zuvor an ihr gekannt hatte. Schließlich brach sie mit den Worten ab: ‚Er ist eindeutig eine Bereicherung für unsere Bibliothek.' Ihr Schweigen erleichterte mich. In den folgenden Wochen sprachen wir nicht mehr über den Bibliothekar und ich vergaß ihn. Meine Beziehung zu Lisa war noch intensiver geworden. Wenn ich sie erblickte, begehrte ich sie. Manchmal genügte es, einen Augenblick nur an die Weichheit ihres Schoßes zu denken, um mich vollkommen zu verwirren. Ich war maßlos glücklich."

„Und doch . . . eines Tages, als ich in der Bibliothek war, entdeckte ich Lisa in der Nähe des Scheusals. Ich weiß nicht, warum ich es tat, aber ich näherte mich ihnen so, daß sie mich nicht bemerken konnten. Lisa hatte ein Buch mit beiden Händen ergriffen, das auch er noch hielt. Mit Erstaunen sah ich, daß er schöne Hände mit zartgliedrigen Fingern hatte. Lisa atmete sehr laut. Etwas bewahrte mich davor, jetzt aus dem Schatten des Regals hervorzutreten. ‚Ich will, daß du mich anfaßt', hörte ich Lisa sagen. Mein Herz stockte. Der Fremde richtete sich auf und antwortete mit sanfter Stimme: ‚Ich will dich nicht begehren. Du gibst mir nur Teilchen von dir. Es schadet mir, dich zu begehren und teilen zu müssen. Lieber lasse ich mein Begehren für dich sterben, als mich zu quälen.'

Hatte Lisa auch Worte gewählt, die sie ebenso mir gegenüber oft benutzt hatte, so hatten mir doch erst die seinen gezeigt, daß ich von einem Augenblick zum anderen mit ihm in die gleiche verzweifelte Lage gestürzt war. Ich verlor meine Liebe zu Lisa. So plötzlich habe ich noch nie einen Menschen gehaßt.

Ich verbarg mich vor ihnen, um schweigen zu dürfen. Und abends kehrte ich zu Lisa zurück und hatte alle bösen Gefühle vergessen. Ich weiß nicht, wie das geschah, aber ich stand ihr gegenüber, als wäre mein Wissen um ihren Betrug wie etwas aus der Welt Gelegenes. Ich vergaß alles und immer wieder, nur unterbrochen von den Stunden, da ich sie berührte. Kaum lag sie in meinen Armen, verwandelte ich mich in das kleine, bucklige Scheusal — ihre Küsse galten nicht mir, sondern ihm, ihre Seufzer antworteten seiner Kraft. Ich war er."

Mistral rang um die Worte.

„Ich träumte von Dörfern, in denen Tiger herumstreifen, um die Menschen zu schlagen. Ich selbst und er, mein anderes Ich, liefen über die offenen Plätze, brachen in ein Haus ein auf der Suche nach Schutz. Aber es bestand nur aus morschem, faulem Holz. Die Tür, die ich geöffnet hatte, fügte sich nicht mehr nahtlos in den Rahmen, die Innenwände zerbrachen beim Atemhauch, die Fenster keuchten blind und dunkel. Wir flohen hinaus über einen hohen Zaun mit Stacheldrahtkrone. Uns machte es nichts aus, wenn es nur unsere Feinde abhalten sollte. Die Bienenhäuser schienen der einzig zugängliche Ort zu sein. Aber nur eine schmale Öffnung hinter den Stöcken bot uns Platz, hineinzukriechen. Sie war zu eng für uns beide."

Mistral schwieg eine Weile. Endlich hob er den Kopf, ihn ein wenig schüttelnd sagte er: „Über ein Jahr dauerte dieser Zustand. Dann fiel mir auf, daß ich begonnen hatte, mich wie er zu bewegen. Ich zog den Kopf ein wenig nach vorne und es entstand der Eindruck, mein Rücken wäre hoch gewölbt. Ich schleifte den einen Fuß etwas nach; schon fragten mich Bekannte, wo ich mich verletzt hätte. Und dann, eines Tages, sah mir Lisa ins Gesicht und sagte: ‚Du hast einen fremden Blick, seit Wochen wird es schlimmer. Er ist ablehnend und kalt. Du gibst dir nicht einmal Mühe, deine Lider ganz zu heben, so wenig Interesse hast du an deiner Umwelt.‘ Da wußte ich, daß ich sie mit seinem Blick beobachtet hatte. Ich strich mir das Haar aus der Stirn und wartete, daß sie näherkommen würde. Als ich sie umfing, klagte sie leise: ‚Wer bist du?‘ Ich verstand sie. ‚Ich bin Mistral‘, sagte ich. Es klang wie eine Lüge. Es war eine Lüge.“

Mistral erhob sich geräuschvoll. „Verzeihen Sie“, bat er seinen Mitreisenden und verließ das Abteil mit schwankenden Schritten. Nichts an ihm entsprach seiner Beschreibung des Rivalen, außer vielleicht die sensiblen, delikat geformten Hände. Es dauerte lange, bis er zurückkam. Sein dunkler Bart glänzte perlend naß. Außer dem Schlagen der Schienenräder war es ganz stumm um die beiden Männer. Der Fremde, dem Mistral seine Geschichte anvertraut hatte, blickte Mistral begierig an, den Schluß zu erfahren.

„Es kam der Tag, da Lisa mich zur Rede stellte. ‚Mistral‘, sagte sie, ‚du bist nicht mehr der Mann, dem ich mein Begehren bekannte. Ich weiß nicht, wer du bist, ich weiß nicht, was du bist. Du hast dich so verändert, daß ich manchmal denke, ich stünde vor einem anderen. Du legst dir plötzlich ein Hinken zu, ohne den geringsten Grund zu haben.‘ ‚Wer weiß, vielleicht ist doch eine Verletzung daran schuld', unterbrach ich sie, aber sie beachtete meinen Einwand nicht. Mir kam ganz überraschend in den Sinn, was sie zu Anfang unserer Beziehung gesagt hatte. ‚Erinnerst du dich daran, daß du mir gesagt hast, ich dürfe keine andere Geliebte neben dir haben?' Sie erblaßte. ‚Hast du eine andere?' So selbstsüchtig war sie, daß sie in diesem Moment nur daran dachte, ob ich ihrer Forderung nachgekommen sei. Auf ihrem Gesicht öffneten sich Blumen roter Flecken, sie atmete durch den Mund, um all die Luft einzusaugen, die ihr aufgeregter Körper trinken mußte.

‚Mistral, ich bitte dich, mir Antwort zu geben.' ‚Und was ist mit dir?' Mit einer Handbewegung wischte sie meinen Anspruch zur Seite. ‚Ich habe dir niemals versprochen, keinen anderen zu haben. Du hast es auch niemals von mir verlangt.' ‚So gilt nur das, was mit Worten festgelegt wurde?' fragte ich ungläubig. ‚Hast du eine andere?' Sie war nur an dieser Frage interessiert. Ich hörte mich selbst ‚Ja' sagen. Eine traurige Ruhe erfaßte sie."

Mistral lehnte bewegungslos in den Polstern, als er weitersprach.

„Ich sprach über den Bibliothekar. Sie nickte nur, sagte: ‚Ja, er ist mein Geliebter. Er gefiel mir, weil er dich abstieß. Er war das Gegenteil von dir, am Anfang. Dann seid ihr euch immer ähnlicher geworden. Er wurde du und du bist wie er. Oft wollte ich euch beide verlassen, dann wieder schmeichelte es mir, das Medium zu sein, das euch verbindet, obwohl ihr einander verabscheut.' ‚Der einzige Grund, warum wir einander ablehnen, bist du.' Sie senkte die Lider, als sie weitersprach. ‚Du weißt, daß ich einmal Opfer eines Verbrechens geworden bin. Als sehr junges Mädchen hatte ich eine Liebesbeziehung zu einem älteren Mann. Er formte mich, wie er es nannte, zu einer eigenen Persönlichkeit. Doch eines Tages, als ich durch Zufall in seinen Papieren auf das Photo einer Frau stieß, die ihn vor langer Zeit wegen eines anderen verlassen hatte, bemerkte ich, daß er mich genau zu ihrem Ebenbild geformt hatte. Nicht mir stand er gegenüber, sondern einem ihr ähnlichen Gesicht, das er aus mir gemacht hatte. Ich wurde krank durch diese Erkenntnis, traurig und krank. Man brachte mich in ein Sanatorium, wo ich einige Jahre blieb. Denn nachdem ich begonnen hatte, die fremde Persönlichkeit abzuhäuten, war ich hilflos: Ich hatte noch keine Zeit gehabt, eine eigene zu entwickeln. Es dauerte sehr lange, bis ich mir Sicherheit nur durch mich selbst geschaffen hatte. Aber ich hatte mir geschworen, nie wieder das ähnliche Gesicht einer anderen Frau zu sein.' ,Und mir mutest du zu, das ähnliche Gesicht dieses Scheusals zu sein!' schrie ich.

,Wenn du es so genau wissen willst: Du selbst bist ein Scheusal. Ich weiß, daß du mich vor langer Zeit einmal mit ihm beobachtet hast, doch du warst zu feig und zu bequem, einzuschreiten und zu fragen: Was soll dann mein Platz sein an deiner Seite? Du bist austauschbar, weil du selbst prächtig mitgespielt hast dabei.'

,Hör auf', sagte ich. Ihre Grausamkeit überstieg mein Fassungsvermögen. Ich war völlig von ihrer Zuneigung abhängig in diesem Augenblick. Sie hatte mich in ihrer Gewalt."

Mistral starrte ins Leere.

„Wir trennten uns. So wenig Worte für so langen Schmerz! Um ihr nicht zufällig zu begegnen, suchte ich um meine Versetzung in eine andere Stadt an.

Ich zog weg. Seit mehr als einem Jahr lebe ich jetzt woanders. Ich habe wieder eine Frau gefunden. Sie ist nicht das, was Lisa für mich war, aber ich bin zufrieden."

Mistral schloß die Augen. Die beiden Männer dösten. Draußen umschlang die pechdunkle Nacht den Zug wie ein endloses Etui. Unbarmherzig gähnte später das Morgenlicht über den Horizont. Mistral streckte seinen verspannten Körper. Er reichte dem Mitfahrer die Hand, als der Zug in den schlaftrunkenen Bahnhof einfuhr. „Leben Sie wohl", sagte er.

Der Fremde stand auf, als Mistral das Abteil verlassen hatte. Er trat auf den Gang und öffnete ein Fenster. Am Bahnsteig unter ihm ging Mistral vorbei. An seiner Seite trippelte eine unscheinbare, braunhaarige Frau. Ihr junges Gesicht war wie von einem Netz feiner Sprünge überzogen, Falten zukünftiger Ängste. Mistral bot ihr seinen Arm, und während sie dem Ausgang zustrebten, sank sein Kopf nach vorne und sein Rücken rundete sich grotesk.

Der Fremde schloß das Fenster, kehrte ins Abteil zurück und barg seinen Kopf in seinen zarten Händen.

MANFRED PICHLER

Ich bin nicht nach Europa gekommen, um mich hier zu verlieben

Zweifelsohne hatte ich öfter, als gut war, an Lisa gedacht, aber notwendigerweise so, wie man an jemanden denkt, den man niemals kennenlernen wird, wie an ein Mädchen von der Filmleinwand oder ein namenloses Plakatmodell, das mit einem Strohhalm irgendeine Limonade trinkt. Ich hatte nicht im geringsten daran gedacht, Lisa kennenzulernen oder auch nur kennenlernen zu wollen, und nicht nur, weil die Schwingtüre zwischen Küche und Restaurant der Pizzeria dazwischenlag, in der ich an sechs Tagen in der Woche Teller wusch.

Und vermutlich öfter, als ich mich jetzt noch daran erinnere, bin ich hinter der Schwingtüre stehengeblieben und habe Lisa in den kurzen Augenblicken des Türschwingens so unverhohlen angesehen, wie es daheim im südindischen Karnataka für ein Mädchen – das man dort allerdings kaum allein in einem Restaurant antreffen würde – eine ausgesprochene Belästigung oder eine glatte Beleidigung gewesen wäre. Aber Lisa machte es nichts aus, sie lachte mit ihrer Freundin nur darüber, und ich konnte ihnen deshalb auch nicht gut böse sein und hatte es wohl selbst herausgefordert, daß sie mich irgendwann unvermutet an ihren Tisch heranwinkten.

Was ging ich auch hin! Selbstverständlich, um Lisa einmal aus der Nähe zu sehen. Die zufälligen Blicke durch die Schwingtür und die flüchtigen Blicke beim Verlassen des Restaurants nach Beendigung meiner Arbeit, wenn Lisa noch immer dasaß, hatten meiner aufdringlich gewordenen Neugierde nicht mehr genügt. Ich nahm die Einladung überaus erfreut an und nur mit einem scheinbaren, leichten Zögern, das aber nicht das geringste mit Unentschlossenheit zu tun hatte. Aber kaum saß ich an Lisas Tisch und Lisa nannte mir ihren Namen, der mir ja bereits bekannt war, und Jutta ihren und aus meinem *Sridhara* wurde kurzerhand *Sri,* da kam Nick, der Lisa ein-, zweimal wöchentlich in der Pizzeria traf.

Lisa war schon fort, als ich die Pizzeria verließ. Ich ging nicht gleich nach Hause, ich lief herum und trank Tee in einem Espresso, und alles, was ich noch im Kopf hatte, war Lisa. Bimal und Ravindra, meine beiden Mitbewohner, würden ohne Zweifel eine Veränderung an mir bemerken, allein schon meine Ruhelosigkeit, und mich mit Fragen bombardieren und irgendwann herausbekommen, was mit mir nicht stimmte. Ein geradezu undenkbarer Zustand, in den ich offenbar geraten war, und ich hatte nicht das geringste dagegen unternommen. Es war ausgeschlossen, mit derlei Unbedachtsamkeiten fortzufahren. Ich war nicht nach Europa gekommen, um mich zu verlieben. Ich hatte niemals vorgehabt, hier zu bleiben oder eine Europäerin zur Frau zu nehmen. So etwas kam nicht in Frage. So eine Vorstellung hat mich immer reichlich befremdet, aber ist diese anders: ein Brahmin aus Bangalore in einer Wiener Pizzaküche?

Am folgenden Morgen habe ich nicht wie gewohnt die Jeans angezogen, sondern meine weiße Leinenhose für besondere Anlässe, aber dann schlüpfte ich doch wieder in die Jeans, da ich befürchtete, mich überflüssigerweise zu verraten.

Ich ging ins Palmenhaus. Der europäische Sommerhimmel war kaum freundlicher als das verschmutzte Glasdach des Gebäudes, das in trauriger Noblesse die Hoffnungslosigkeit der aus Töpfen emporragenden Palmen umgab. Drei ganze Stunden saß ich reglos bei einem Glas Milch, und diese drei Stunden versuchte ich vergeblich, nicht daran zu denken, daß ich Lisa abends wiedersehen würde. Dieses freundliche, aber letzten Endes wahrscheinlich gleichgültig hingesagte „bis morgen", als ich Nick Platz machte.

Aber wozu Lisa wiedersehen? Irgendwann kam ich dahinter, daß es gar nicht unbedingt sein mußte, wenn ich nur standhaft in meiner Küche blieb und die Schwingtüre mied.

Wer war Lisa eigentlich? Ich hatte keine Ahnung. Und ich mußte mir nur klarmachen, daß ich gar nicht in sie verliebt war, was wußte ich auch darüber.

Ich frühstückte nicht mehr, und zu Mittag aß ich nur Reis, und auch am Abend aß ich nichts, um meine alte Willenskraft wiederherzustellen und meine Sinne zu reinigen. Und als ich einmal im Restaurant an Lisa vorbeiging und sie sagte „Hallo, warum setzt du dich nicht einen Augenblick her", da sagte ich, ich sei hier ja doch kein Gast, sondern nur Tellerwäscher, und Lisa fand es weder unhöflich noch beleidigend, daß ich nicht darauf einging. Sie sah mich bloß kurz an, so als würde sie plötzlich etwas Neues in mir sehen, und nicht mehr oder nicht mehr ausschließlich einen Tellerwäscher.

Lisa respektierte ein paar Tage lang meine Beschäftigung als unüberwindliches Hindernis, mich kurz an ihren Tisch zu setzen, aber dann suchte sie — Gott weiß, ob aus Langeweile oder bloßer Neugierde — nach einem Ausweg und fand auch einen denkbar einfachen. Sie wartete bloß, als sie einmal mit keinem ihrer zahlreichen Freunde verabredet war, bis ich die Küche verließ. Mein Boss Vincenzo saß, was er im übrigen öfter und gerne tat, ebenfalls am Tisch, und auch die beiden Kellner Stanislaw und Nasser rasteten gerade dort aus. Ich wußte nicht, was Lisa zu Vincenzo sagte, aber wahrscheinlich hatte es damit zu tun, daß er mich aufforderte, ebenfalls noch kurz auf ein Getränk bei ihnen Platz zu nehmen. Es war nicht gut möglich, es abzulehnen. Nasser brachte mir ein Glas Apfelsaft, Lisa wollte noch einen Campari, und die anderen, auch Nasser, tranken Bier. Durch ihr Zur-Seite-Rücken hatte Lisa mich gleichsam gezwungen, mich neben sie zu setzen, und sie bot mir eine Zigarette an, aber ich rauche nicht.

„Er raucht nicht, er trinkt nicht, er ist Vegetarier. Was tust du überhaupt außer Tellerwaschen. Nasser trinkt wenigstens, er raucht nicht, aber er trinkt, und zu Hause hat er einen Harem." Das war ungefähr alles, was Vincenzo über seine beiden Orientalen dachte. Er fand es einfach kurios und er liebte das Kuriose, er verachtete uns keineswegs wegen der *Enthaltsamkeit,* wie er es nannte, er spürte bestimmt, daß es keinen Anlaß dazu gab, daß es zu dieser *Enthaltsamkeit* auch für ihn nur ein kleiner Schritt war, und um ihm zu zeigen, wie einfach und selbstverständlich meine *Enthaltsamkeit* war, habe ich mit ihm auch einmal ein Glas Frascati getrunken, aber Vincenzo war davon beinahe enttäuscht.

„Wahrscheinlich ist unser Sridhara ein Stiller", sagte Vincenzo jetzt, auf dem besten Weg zum Höhepunkt seiner guten Laune und des ewiggleichen Themas. „Zu Hause raucht er wie ein Schlot, und im Bett hat er eine Bauchtänzerin; deshalb läuft er nach der Arbeit auch immer so schnell weg! Eine von diesen schokoladebraunen Akrobatinnen! Bist du wenigstens mit ihr verheiratet?"

„Wenn ich einmal heirate, dann selbstverständlich eine Inderin", sagte ich, um Vincenzo zufriedenzustellen. „Aber um so etwas muß man sich nicht selber kümmern. Das macht bei uns der Onkel." Ich wußte, das war ideale Nahrung für Vincenzos loses Maul. „Probiert der deine zukünftige Frau auch aus?" fragte Vincenzo, um eine dieser Pointen nie verlegen, und es schüttelte ihn vor Lachen.

All das ließ sich Lisa täglich gefallen und machte vorbehaltlos mit, aber aus diesem Grund war auch etwas von ihrer fraglosen Schönheit in ihr unzugängliches Inneres zurückgewichen und hatte jetzt Mühe, durch ihr Make-up noch hervorzuleuchten, und ihre Gestalt, die ein schöner Sari völlig unverändert gelassen hätte, war heute unter dem demonstrativen Eigenleben irgendwelcher Kleidungsstücke begraben, und ihre Haare schienen kaum noch eine Ahnung vom freien Fall zu haben.

Die Freundin von Stanislaw kam, um ihn abzuholen. Vincenzo gab einen Grappa aus, mir ließ Vincenzo noch gepreßten Orangensaft bringen, und jetzt redete auch Lisa über Dinge, über die man das leichtfertige Reden besser sein läßt, aber Vincenzo gefiel es.

Ich wollte allein sein. Ich bedankte mich bei Vincenzo für den Orangensaft und stand auf.

Es war nur nötig, daß irgend jemand aufstand. Auch die anderen hatten genug. Sie erhoben sich, jeder auf irgendeine Weise froh, nicht als erster aufgestanden zu sein. Nur Lisa wäre, glaube ich, noch länger geblieben und hätte ihre Gedankenlosigkeiten wie ein geschmackloses Mantra weiter vor sich hingebetet. Schlagartig änderte sich Vincenzos Gesichtsausdruck, als er absperrte. Stanislaw und dessen Freundin waren in den Wagen gestiegen, man hatte Vincenzo zurückgelassen. Diesem Armen war es so unerträglich, auch nur vorübergehend allein zu sein, und auch zu seiner Frau ging er offenbar nicht gerne und ließ sie – diese große, strahlende, mütterliche Person – so gut wie nie die Pizzeria betreten. Auch Nasser war verschwunden, und Vincenzo verabschiedete sich griesgrämig. Ich war unversehens allein mit Lisa.

Was ich denn wirklich immer um diese Zeit mache, fragte sie mich. Ich sagte, ich würde tatsächlich nach Hause gehen. Nach Hause?, fragte sie, ungläubig, belustigt; solange sie sich zurückerinnern könne, sei sie noch nie so früh nach Hause gegangen. Was auch immer Lisa sagte, es klang auf irgendeine Weise amüsiert, wie sie überhaupt alles zu ihrem Amüsement zu tun schien, auch gehen. Es war jetzt, ohne Vincenzo, aber ein anderes Amüsement, ein stilleres. „Meine Tiere sind die Eulen", sagte Lisa jetzt, „die Nachtfalter und sogar die Fledermäuse. Ich könnte mein ganzes Leben im Mondlicht zubringen. Wenn ich einmal abkratze, dann wird bestimmt gerade die Sonne aufgehen." Als sie das sagte, oder vielmehr liebevoll hinwarf, waren meine Grundsätze wieder schwer erschüttert, und ich schluckte meine Rührung hinunter.

„Aber jetzt brauche ich erst einmal einen Kaffee", sagte sie in einem kaum anderen Ton, „machst du mir noch einen?" und hakte sich unter.

Ohne weiteres wäre Lisas unabwendbar scheinender Besuch in meiner Wohnung von mir abzuwenden gewesen. Wir passierten auf dem Weg dahin noch zwei geöffnete Espressos, aber ich dachte in meiner Kopflosigkeit nicht daran, Lisa in einem von diesen zu einem Kaffee einzuladen. In meiner Wohnung – Lisa hätte es verstanden – wären noch zwei andere Mieter. Und so hoffte ich nur, daß Bimal und Ravindra an diesem Abend zu

Hause waren und mich nicht mit dieser unberechenbaren Lisa allein ließen.

Im übrigen waren meine Bedenken recht flüchtig. Es war so einfach, neben Lisa herzugehen. Lisa redete ohne Unterlaß, von diesen Discos und jenen Cafés und Bars. Alle diese Bars gab es ohne Zweifel tatsächlich, und jenen Mann, der mit seinem ständigen Mineralwasser bis sechs Uhr früh so sei wie ich, und der auch nicht rauche, aber das seien wahrscheinlich schon alle Gemeinsamkeiten; und das Mädchenduo, das jede Nacht dieselben fünfzehn Bars mache und immer in derselben Reihenfolge, aber zum Schluß würden sie doch immer bei denselben Verehrern landen.

In einer Art gesetzlosem Zustand lebte Lisa, in einem anderen, gleichsam schwerelosen Raum ohne Dharma; und wenn sie irgendwann einmal in ein Gravitationsfeld geriet, dann war es nicht die Gravitation der Erde, sondern nur die des Mondes. Eine tibetanische Tempelpriesterin, die die profansten Handlungen mit der größten Unschuld und Selbstlosigkeit vollführt, das mußte Lisa in einem früheren Leben einmal gewesen sein.

Wie gut ich sie dennoch verstand, wenn sie mir von Dingen vorträumte, die mir nicht nur fremd waren, sondern die ich auch kategorisch ablehnte; etwa, wenn sie sagte: „Trink ein paar Bacardi-Cola, langsam, und mach dann die Augen zu, und wenn du ausatmest, dann bekommst du einen Duft durch deine Nüstern, der wie reines Helium ist, und dein Ballon trägt dich fort, fast überall hin, wo du willst, wenn du dabei nicht zuviel gequalmt hast."

Oder: „Stell dir vor, Wodka-Orange unter deinen Palmen! Wenn du nach fünf solchen Drinks die Augen schließt, hast du trotz deiner vollkommenen Ruhestellung das Gefühl, daß du dich auf einer rasend rotierenden Töpferscheibe befindest; natürlich nur, wenn du so ein Gefühl haben willst. Und wenn du dann auf der Stelle alle deine vielen indischen Götter auf einmal sehen willst, dann mußt du nochmal von vorne anfangen, und bei Nummer sieben siehst du sie dann ein sagenhaftes Menuett tanzen; und dann, glaube ich, kommt bald Nirwana."

Ungeachtet des Unsinns, den Lisa daherredete, kam sie mir überzeugender und aufrichtiger vor als ich mir selbst, als ich zögernd meinte, sie würde Wodka in Indien wahrscheinlich gar nicht so leicht bekommen. Lisa lachte still vor sich hin, daß ich mich so tolpatschig anstelle, sie so wörtlich zu nehmen, und sagte plötzlich: „Gehen wir da hinein", und überquerte die Straße auf eines der beiden Espressos auf meinem Nachhauseweg zu. Das war bestimmt die taktvollste der Überraschungen an diesem Abend, und sie machte mich verlegen und ich fühlte mich ganz unbedeutend vor soviel Weitherzigkeit.

Man kannte Lisa in diesem Espresso, und man machte halblaute Bemerkungen über ihren Begleiter. Lisa trank ihren Mokka rasch aus und wir verließen das Espresso wieder. Ein Taxi fuhr vorüber, Lisa rief es. In diesen letzten paar Augenblicken war sie still geworden und von einer verhaltenen, schlichten Freundlichkeit.

Unfähig zu irgendeinem klaren Gedanken, brachte ich am nächsten Tag abermals mehrere Stunden im Palmenhaus zu; mehr oder weniger absichtlich versuchte ich am Abend bereits um acht Uhr, durch die Schwingtüre festzustellen, ob Lisa gekommen war. Sie war noch nicht da. Und auch um neun noch nicht. Roman, einer ihrer Männer, stand allein an der Theke und trank ein Bier. Offenbar war er gekommen, um Lisa zu treffen; und so ging er bald wieder.

Erst um halb zehn kam Lisa. Mit Jutta und Leo, der manchmal mit Lisa kam. Sie blieben, bis sich das Lokal geleert hatte und Vincenzo an ihren Tisch kam, und schließlich auch Stanislaw und Nasser. Ich blieb so lange wie möglich in meiner Küche und wollte mich dann verdrücken.

Aber Lisa hörte das leiseste Geräusch, das bei meinem vorsichtigen Öffnen der Schwingtüre entstand, oder sie hatte ohnehin gerade die Türe in den Augen, als ich mich, in die Absicht vertieft, mich nicht am Weggehen hindern zu lassen, ohne nach rechts oder links zu schauen, dem Ausgang zuwandte, und sagte vernehmlich: „Sri und ich haben eines gemeinsam: Wir gehen zur gleichen Zeit ins Bett. Aber Sri hält sich dabei offenbar streng an die indische Zeitrechnung, und da ist es jetzt wahrscheinlich schon beinahe vier Uhr früh, und deshalb könnten wir wohl nie zusammen zu Bett gehen. Wird er es mir abschlagen“, fuhr sie fort, „wenn ich ihn auf einen Capuccino einlade?“ Ich wurde das Opfer meiner orthodoxen Höflichkeit. Stanislaw brachte mir den Capuccino, der so viel Ähnlichkeit hat mit dem südindischen Milchkaffee und den ich trotz der ungewohnten Zeit, Kaffee zu trinken, gerne trank. Später brachen wir abermals gemeinsam auf, und Lisa sagte, als auch Vincenzo davongegangen war und nur noch Jutta und Leo zurückgeblieben waren: „So, Sir“, und sie hielt mich fest, indem sie sich einhakte, „wir machen jetzt noch einen kleinen Ausflug nach Indien. Nur ein paar Straßen weiter, und wir sind schon da. Zwar nicht ganz dein Ostindien, sondern Westindien. Aber sonst ist alles vorhanden. Die Bewohner der Kokosnußinseln und der allerswingendste Shoo-bee-dooa-Reggae und der allerköstlichste Mango-Daiquiri, und der himmlischste Papaya-Milkshake für dich, Sri. Und du bist unser ortskundiger Tropenreiseführer."

Wir nahmen an einem fernab von der Theke und meinen Landsleuten gelegenen Tisch Platz und beschieden uns vorläufig damit, da zu sein und verzichteten auf jeden kontinuierlichen Wortwechsel, da er bei der großen Musiklautstärke nicht gut möglich schien. Ich bekam aber bald ausgezeichneten Mango-Juice, an den ich mich schon kaum mehr erinnerte, und Lisa den ersehnten Daiquiri, und sie nötigte mich, einmal daran zu nippen, und sie sah daraufhin so zufriedengestellt aus, als ich es tatsächlich tat, als hätte sie damit etwas fertiggebracht, woran sie selbst keinesfalls geglaubt hatte. Dann genoß Lisa die Musik, die es in stark überhöhter Dosis gab, mit geschlossenen Augen, und sie ließ sich von dem heftigen Rhythmus, der alles förmlich in leichte Vibration zu setzen schien, erfassen und wiegte ihre Schultern gleichmäßig dazu, und ich fürchtete, daß sie die Augen plötzlich wieder aufreißen würde, falls ihr einfallen sollte, mit mir tanzen zu wollen, was in diesem Lokal völlig üblich war, da ich von dieser Art von Tanz so wenig Ahnung hatte, wie Lisa vermutlich von meinen südindischen Tänzen, die uns schon in der Schule beigebracht werden.

Sie sagte aber nur, als sie nach einiger Zeit die Augen wieder öffnete und mit ihren geschmeidigen, rhythmischen Schulterbewegungen aufhörte: „Du willst also wirklich einmal nur eine Inderin heiraten? Etwas anderes kommt von vornherein überhaupt nicht in Frage?"

„Ich kann keine Europäerin heiraten", sagte ich, gegen einen kleinen Widerstand, da mir dieser grundsätzliche Standpunkt doch nicht mehr ganz klar zu sein schien; und eine verschwindend kleine Ungewißheit, die mich mit Lisa irrtümlicherweise verbunden hatte, wurde dadurch gleichzeitig endgültig durchtrennt. „Dann viel Glück, wenn du hier deine kleine Inderin suchen willst“, sagte Lisa belustigt, aber bestimmt auch ein wenig verletzt, da ich sie so demonstrativ mißachtete.

„Es ist nicht nötig, sie zu suchen“, sagte ich, „es gibt sie schon, und es kommt so, wie es kommen muß.“

„Und wie weißt du, daß es genau die Deinige ist, wenn du sie einmal triffst?“ fragte Lisa, jetzt so interessiert wie eine neugierige Schülerin.

„Das wissen meine Angehörigen“, sagte ich, auch, um alles Persönliche aus dieser Sache zu entfernen, „die sich üblicherweise damit befassen, und das weiß der Astrologe.“

Lisa blickte um sich und sah mich an und kicherte still in sich hinein, dann fegte sie plötzlich kreuz und quer durch das Lokal und kam mit einer Tageszeitung wieder. Sie schlug die Seite mit dem Horoskop auf und fragte mich nach meinem Sternzeichen. In einem Ton, als lese sie etwas Bedeutsames und als würde sie sich gleichzeitig darüber lustig machen — wofür es allerdings hinreichend Grund gab —, las Lisa etwas von meinem heute angeblich stattfindenden steilen beruflichen Aufstieg, von einer sich über Nacht ergebenden Wende im Liebesleben, gebotener Vorsicht beim Autoverkehr beim Überholen und Einparken und einem möglichst raschen Termin beim Zahnarzt. So prägnant hörte sich auch Lisas Horoskop an, und auch das von Jutta und von Leo.

Ohne irgend etwas zu bemerken, gab ich Lisa zu verstehen, was auch ich von dieser Art Horoskope hielt. Lisa war still für einen Augenblick und griff dann nach meinem Arm und sagte: „Machst du mir mein Horoskop, ein richtiges?“

„Dein Horoskop, wozu, Lisa?“ sagte ich jetzt. „Deine Freunde haben vermutlich so wenig mit deinen Sternen zu tun wie die Wettervorhersage mit einem Tototreffer.“

Aber Lisa gab mir dessenungeachtet die genauen Daten und meinte schlicht: „Nur zum Spaß, Sri!“

Wahrscheinlich hatte man an diesem Abend keine große Freude mit mir. Ich bin der geborene Spielverderber. Sie begleiteten mich bald nach Hause, und ich nahm mir vor, mich zu einem solchen Unterfangen nicht mehr verleiten zu lassen. Aber an eine endgültige Abkehr von Lisa war nicht zu denken: Ich hatte ja ihre Daten für das gewünschte Horoskop in der Tasche. Natürlich hätte ich es ebenso vergessen können, wie Lisa es wahrscheinlich vergaß. Ihre jeweilige Begeisterung schien mir von kurzer Dauer zu sein. Da war aber noch — oder vor allem — mein eigenes Interesse an Lisas Horoskop. Umgehend versuchte ich, da ich selbst nicht die geringste Ahnung vom Horoskoperstellen hatte, jemanden zu erreichen, der darin Experte war. Chandrakant; wäre er in Madurai geblieben und hätte er von Berufs wegen Horoskope erstellt, er wäre damit bei weitem besser gefahren, als mit der Teppichreinigungsfirma, die ihn hier beschäftigte. Er reagierte ungläubig, mißtrauisch. „Wozu brauchst du das Horoskop von diesem Mädchen?“

Das war nicht alles. Ich gab Chandrakant auch meine Daten und sagte, jemand — ein Gast aus der Pizzeria — würde nur zum Spaß gerne wissen, ob die beiden Horoskope zusammenpaßten.

Der Beschränkteste hätte diese Unwahrheit mühelos durchschaut. Chandrakant meinte, ich sollte keinen Unsinn machen, und „nur zum Spaß“ mache er keine Horoskope, schon gar keine Heiratshoroskope.

„Ich will heiraten“, sagte ich ohne zu überlegen, da es die einzige Möglichkeit zu sein schien, ein verläßliches Horoskop zu bekommen.

Chandrakant respektierte diese behauptete Absicht, versprach mir die Horoskope und ließ jeden weiteren Kommentar sein. Ich war um vieles erleichtert: Was ich mit Lisa zu tun hatte, lag nicht mehr in meiner alleinigen Verantwortung. Und ich war froh, sie am nächsten Tag — es war der Tag, an dem die Pizzeria geschlossen hatte — nicht zu sehen, sondern erst am folgenden, wenn ich bereits über unsere Horoskope Bescheid wissen würde. Ich ging ins Kino, um an nichts denken zu müssen; ich trank ein kleines Bier und ging ins Palmenhaus, was meine Ruhe aber nicht im geringsten wiederherstellte. Ich hatte immer weniger Ahnung, welchen Sinn diese Geschichte mit den Horoskopen nun tatsächlich haben sollte.

Chandrakant sparte mit Erläuterungen, die ich ohnedies nicht verstanden hätte. „Das Beste, was dir passieren kann“, eröffnete er mir. „Eine Ehe mit diesem Krebs-Mädchen wäre eine reine Katastrophe. Diese Kombination ist nicht nur sehr schlecht, sondern außergewöhnlich schlimm. Im übrigen muß man dir fast raten, das Heiraten überhaupt sein zu lassen. Du würdest ständig hinter irgendwelchen fremden Frauen her sein, was einem Krebs-Mädchen, aber wahrscheinlich auch allen anderen, nicht gefallen würde. Dieser Charakterzug bei dir darf dich nicht überraschen. Denk nur daran, wie du *diese* Ehe anbahnen wolltest. Und vor allem: Ihr würdet keine Kinder bekommen, das ist ziemlich sicher.“

Chandrakant hatte recht, eine voraussichtlich kinderlose Ehe kam natürlich nicht in Frage. Und dann diese sonderbare Feststellung, was mich selbst betraf. Aber ich hatte nicht die geringste Lust, mir in Kürze — um sicherzugehen — ein neues Horoskop erstellen zu lassen.

Als ich ein weiteres Mal ins Palmenhaus ging, hatte ich keinen Zweifel mehr, daß es eines der letzten Male war. Ich würde bald nach London abreisen, wohin ich ohnedies irgendwann weiterfahren wollte. Es gab ja nicht den geringsten Grund, hier irgendwo länger zu bleiben. Ich war hier nirgendwo zu Hause oder sozusagen überall. Nur nicht mehr hier in dieser Stadt mit ihrem verwaisten Palmenhaus im Zentrum. *Wien* war für mich *Lisa* geworden, ich gehörte hier also nicht mehr hin.

Vincenzo hatte ein Einsehen. Er kennt persönliche Nöte, und ich brachte, als ich ihn am Nachmittag vorzeitig besuchte, auch Ersatz mit: einen der Neuankömmlinge aus dem Orient ohne Arbeit, die sehnsüchtigst auf den freien Posten eines Tellerwäschers warten.

Von Lisa hörte ich nichts mehr. Aber in jenen Mondnächten hatte sie den Gestirnen jede Kraft genommen, und jetzt kreisten nur noch wertlose Duplikate umher, ohne jemals wieder irgendeinen Einfluß auf irgend jemanden auszuüben.

THOMAS PLUCH

Der Fan

„Joga ist die größte Enttäuschung meines Lebens. Jetzt atme ich richtig, gut, aber ich denke falsch, besser gesagt, ich denke, es sei am besten, nicht zu denken, und wozu denkt man dann überhaupt. Aber wenn ich Joga sage, das sag ich dir jetzt, dann meine ich wirklich nur dich, weil du hast mich damit angemacht, mit diesem Raus-aus-dir, aus dir, diesem Bewußtseinskäfig, Leermachen, Platzmachen für das Nirwana, Selbstreduzierung. Selbstverstümmelung! Das ist es! Ich mach mich frei! Ganz frei! Jetzt! Wie du es immer wolltest! Von dir! Du Arsch!"

Zwei Sekunden lang nach diesem befreienden Wort geschieht nichts. Dann wird es dunkel in dem Raum und fünfzig Menschen beginnen zu klatschen. Als es wieder hell wird, stehen Emily und Carlo auf der Bühne im Scheinwerferlicht und verbeugen sich. Carlo sucht mit seiner linken Hand ihre rechte, doch sie tut so, als merkte sie es nicht.

Auf eine neuerliche Dunkelheit folgt die gleiche in Scheinwerferlicht getauchte Zeremonie. Jetzt sind es noch vierzig Menschen, die klatschen, zehn sind schon aufgestanden und wollen zur Garderobe. Ein Mädchen ruft „Bravo", zuerst mit enger, dann mit weiter Kehle. Emily schaut zu dem Mädchen und zwinkert ihm zu. Zweimal, und nach dem zweitenmal strahlt sie ihren Fan an. Dieser ruft noch einmal „Bravo!", und diesmal klingt es wie ein Lustschrei.

Eine Viertelstunde später öffnet sich für den Fan die Garderobetür Emilys. Gleichzeitig wird mit zwei Worten von ihr Besitz ergriffen: „Jutta, Schatz!" Die

Schauspielerin deklamiert mehr, als sie grüßt. Dann liegen einander die beiden in den Armen.

Emily ist 25 Jahre alt, keine Schönheit. Ihr Gesicht ist eine Landschaft, in der die Schatten im Wind ziehender Wolken immer wieder das Bild ändern. So ist das Bild einmal prall und einmal fahl. Jutta ist zwanzig, geht noch ins Gymnasium, weil einmal sitzengeblieben, und hat ein Gesicht mit nur zwei Ausdrücken: „Niemand liebt mich“ und „Warum kann ich nicht so sein wie du“.

Carlo und Emily sind ein Paar — sie waren es, besser gesagt. Während der Aufführungsserie von „Joga“ ist ihr Leben plötzlich entgleist, präzise bei der 15. Aufführung vor etwa einer Woche. Vorher war auch nicht alles in Ordnung gewesen, weil Carlo wegen Emily seine Frau und seine zwei Kinder verlassen hatte, aber diese Unordnung in ihrem Leben hatten alle Beteiligten schon akzeptiert gehabt. Alle Beteiligten gestanden Carlo, dem Unvergleichlichen, besondere Freiheiten zu. Er war knapp vierzig gewesen, als er in Emilys Wohnung übersiedelte und dort sofort die zwei vorhandenen Kopfpolster auf seine Seite des Bettes zog.

Carlo hatte es als Schauspieler geschafft. Er hatte es so sehr geschafft, daß ihm sein Beruf langweilig vorkam, in welcher Rolle er sich so interessant vorkam, daß er stundenlang darüber reflektieren konnte. Er war süchtig danach, vor jüngeren Kollegen wie Emily Vorträge zu halten. Er ging stets davon aus, wie undurchschaubar kompliziert die darstellende Kunst sei, um dann nach vielen anekdotischen Ausschweifungen durchblicken zu lassen, es gäbe jemanden, der sie doch durchschaut habe, was aber ein schales Gefühl hinterlasse, weshalb er niemandem empfehlen könne, den Weg durch das Labyrinth bis ins innerste Geheimnis zu verfolgen.

Carlo konnte stundenlang reflektieren. Emily konnte stundenlang zuhören. So wurde die erste Liebe zwischen den beiden zu einem Rausch. Ein Beziehungsrausch, körperlich, geistig.

Es gab fast keine Kontakte zur Außenwelt. Die verlassene Familie wollte freilich ernährt werden, weshalb Carlo Hörfunk- und Fernsehwerbung machte. Sonst wurde über die Schauspielerei nur geredet. Es machte Emily glücklich, ihn in intellektuelle Ekstase zu bringen.

Das Telefon läutet.

Carlo hebt ab. Er meldet sich mit einem unwilligen Grunzen. „Carlo, du?“ Carlo will schon wieder hinlegen, so blöd findet er die Frage, doch da ergießt sich ein Redefluß durch die Leitung. „Hör zu, Herwig ist da, Herwig Holaubek, solltest du es mit mehreren Herwigs treiben. Ich mache dich aufmerksam, dies ist ein Dienstgespräch: Ich hab eine Rolle für dich. Nein, falsch, nicht: eine. *Die. Die* Rolle.“ Herwig ist sich der Wirkung seiner Worte nicht sicher, inszeniert deshalb eine Pause, während er einmal vor Aufregung hörbar seufzt. „Ich spiele nie wieder Theater.“ Herwig gibt einen Laut von sich, als wäre er mit dem Knie gegen ein Tischbein gestoßen. „Hör zu: Für die Midlife-crisis bist du noch zu kindisch. Und wenn du jetzt den Frühreifen spielst, der alles satt hat, so auf angewidert tust vom Status quo, dann hör mir bitte gut zu: Das ist unter deinem Niveau. Total. Du hast deinen Auftritt als Aussteiger gehabt. Jetzt sollte dir allmählich klar werden, daß es nichts Stinknormaleres gibt mit vierzig als eine junge Freundin. Spießertyp. Aussteigen als gesellschaftliche Prestigehandlung. Du kannst mir natürlich einen Korb geben mit dieser Rolle — du weißt noch gar nicht, was das für eine Superrolle ist —, aber nimm zur Kenntnis, erlauchter Carlo, daß es da eine Dialektik gibt, eine ganz einfache Formel: Sobald das Abnormale normal wird, ist das Normale abnormal!" Herwig lauscht der Brandung seiner eigenen Formulierung nach. Dann holt er Luft, diesmal nicht aufseufzend, sondern Energie aufladend: „Das Stück heißt ‚Joga', ist von einem in New York lebenden Pakistani, eine Art bloßfüßiger Dissident, und läuft Off-Broadway schon ein halbes Jahr. Ich setze es bei mir als Serie von mindestens zwei Monaten an. Es geht um eine Sekte, aber im großen und ganzen ein Zwei-Personen-Stück, Mann, Frau. Die männliche Hauptrolle ein ausgeflippter, mittelalterlicher Irrer, der einen Guru spielen will. Und scheitert. Sag ja oder nein."

Atemlose Stille wie in einem Thriller. Ein Beben in der Stimme Carlos hätte zur Inszenierung gepaßt, aber es kommt eine nüchterne Frage: „Wer ist *sie*?" — „Die weibliche Hauptrolle? Noch nicht endgültig bes. . ." — Die paar Worte, die Carlo noch zu sagen hat, kommen wie aus einem Preßlufthammer: „Ist aber endgültig besetzt. Mit Emily."

Abgesehen von den intensivsten Bettszenen hatte es keine Situation im Zusammenleben mit Carlo gegeben, in der Emily nicht schon einmal gereizt aufgestöhnt hätte: „Schau mich nicht an. Ich hab momentan wieder gar kein Gesicht." Die Selbstdiagnose stellte Emily jeweils vor dem Spiegel, von dem sie den Eindruck hatte, er würde Jagd nach ihr machen. Auch wenn sie glaubte, in eine ganz andere Richtung gegangen zu sein, stand sie plötzlich vor ihm. In den kritischen Phasen der Gesichtslosigkeit wich der Spiegel überhaupt nicht von ihrer

Seite. Da spielte das Hirn wie eine Schallplatte mit Kratzer immer wieder dieselbe Stelle ab: das Spiegelbild, das Emily in das Gesicht schaute, das keines war. Was sie dabei besonders erschreckte, waren die blicklosen Augen des Spiegelbildes. Wenn sie ihren Blick in diese Augen versenkte, stürzte sie in ihre eigene Brust ab und landete schwer in ihrer Magengrube. Nach einer halben oder einer ganzen Stunde, oft schon nach zehn Minuten entschlief sie dort, und damit zog sich auch der Spiegel an den ihm zustehenden Platz zurück. Unter Zurücklassung ihres Gesichtes.

In der ersten Zeit hatte Carlo ganz naiv auf Emilys seelische Eintrübungen reagiert: „Du spinnst. Du kannst sehr schön sein, wenn du willst." Dieses „wenn du willst" machte alles nur noch komplizierter. Emily strengte sich an, aber die Anstrengung zeichnete sich in ihrem Gesicht ab, was ihm nicht gut tat. „Ich schaff es allein nicht", stöhnte sie, und: „Ich muß zur Kosmetikerin." Nachdem die Kosmetikerin Emilys Meinung nach ganz augenscheinlich gescheitert war, steigerte sich die Angst vor einer anhaltenden Einebnung des Gesichtes ins Krankhafte. „Ohne Psychiater schaff ich es nicht. Auch die Kosmetikerin sagt, ich muß zum Psychiater."

Da begann Carlo auf und ab zu gehen, was Emily bei ihm noch nie gesehen hatte. „Wenn ich sage, daß du schön bist, dann wird das wohl reichen, du dumme Gans!" Sie begann zu heulen. „Merkst du eigentlich, daß sich dein unerträgliches Getue mit deinem Gesicht nur gegen mich richtet, weil ich Versager mir nur eine Frau leisten kann, die nichts gleichschaut?! Oder wie? Oder was?!"

Sie begann, ihre Koffer zu packen. Er nahm die Sachen, die sie in den Koffer legte, wieder heraus. „Du hast ein gutes, ein schönes Gesicht. Aber ich sehe ein, daß dir damit nicht geholfen ist. Die Gesichtslosigkeit sitzt ganz tief drinnen. Das Gesicht selbst ist nur ein Symptom. Was du hast, ist eine Berufskrankheit. Das kommt von diesem verfluchten Gesichtaufsetzen. Das kommt davon, weil wir Schauspieler unser Gesicht nur dazu verwenden, um ein anderes aufzusetzen. Und eben das ist falsch. Du mußt in jeder Rolle dein eigenes Gesicht behalten. Mimikry ist Scheiße, wie oft soll ich dir das noch sagen. Was hätte auch Verstellung mit Menschendarstellung zu tun. Es heißt Menschen*dar*stellung, und nicht Menschen*ver*stellung. Und bitte, schmink dir das mit dem Psychiater ab. Deine Gesichtslosigkeit, davon mußt du ausgehen, ist nicht eine wirkliche Gesichtslosigkeit, sondern ein Gefühl. Du projizierst kein Gesicht nach außen, wenn du dieses Gefühl hast. Da ist dann etwas im seelischen Kreislauf verstopft, eine Psychothrombose, sagen wir. Was du brauchst, ist Entschlakkung, freien Gefühlsfluß aus dir heraus. Überhaupt jetzt, wo du die Rolle spielen mußt." — „Was für eine Rolle?"

Von dieser Frage an überstürzten sich die Entschlüsse und Ereignisse. Erstens: Carlo nahm von Herwig die Rolle an. Zweitens: Emily nahm von Carlo die Rolle an. Drittens: Beide zusammen bereiteten sich auf ihre Rollen durch den Beitritt zu einer Mahajana-Buddhismus-Sekte vor, die das Jogatschara lehrte, eine vom königlichen Radscha-Joga abgeleitete Unterweisung zur Findung des Atman, des höchsten Selbst. Viertens: Die Premiere war ein voller Erfolg. Fünftens: Die Kritiken waren lau, doch Carlo kam gut dabei weg, Emily weniger. Sechstens: Emily begann Carlo zu hassen.

Carlo konnte bis ins Detail erläutern, was wichtig ist im Leben. Monatelang hatte sie zugehört, wie er die Welt einteilte. Daraus ergab sich eine Ordnung, in der sie inzwischen zuhause war. Sie wußte, daß der Schauspielerberuf zu den problematischsten Erscheinungen auf dieser Welt zählt und daß es ganz gewisse hygienische Regeln gibt, um der Ansteckung mit der Krankheit Theater vorzubeugen. Sollte man dennoch erkranken, dann gab es wiederum bewährte Theorien. Die beste Medizin war Selbstironie; es half aber auch die Brecht-Diät, niemals eine Rolle mit Haut und Haaren zu fressen, sondern sie vor sich herzutragen; und zur Heilung trug auch der Teamgeist bei, die Unterordnung unter Stück und Inszene. Symptome für eine chronische Erkrankung waren Rampengeilheit, Aufgehen in einer Rolle und Eifersucht auf Kollegen mit Publikumswirkung.

Schon während der Probenzeit hatte sich in Emily der Verdacht festgefressen, sie stünde mit einem rampengeilen, selbstverliebten, eitlen Tropf auf der Bühne, der für seine Rollen über Leichen ging. Viel Auswahl an Leichen gab es bei einem Zwei-Personen-Stück nicht. Emily verhielt sich aber zunächst ihrem Verdacht gegenüber so, wie es bei liebenden Menschen normal ist: Sie schämte sich. Das steigerte ihre Demut ihm gegenüber. Kinder mit schlechtem Gewissen sind besonders folgsam. Sie betete ihn an, um zu verbergen — auch vor sich selbst —, daß sie ihm mißtraute. Das machte die Probenzeit zu ihrer glücklichsten. Er sang nach wie vor seine Arien über die schaurigen Geheimnisse der Schauspielkunst, und nun, da er sein Ghetto verlassen und sogar den Weg ins Stammcafé wiedergefunden hatte, saß neben Emily oft eine staunende, neu hinzugekommene Jüngerschar.

Am Premierenabend, etwa eine halbe Stunde vor Vorstellungsbeginn, kam Carlo in Emilys Garderobe. Sie saß vor dem Spiegel, und er trat hinter sie. Er küßte zuerst ihre Schulter und dann ihr Ohr. Dann schaute er auf und sein Blick fiel wie zufällig auf ihr Spiegelbild. Plötzlich zog er seine Augenbrauen zusammen und auch seine Lippen wurden schmal: „Ich weiß nicht, was ist heute mit deinem Gesicht los?".

Die ganze Premiere lang hatte Emily kein Gesicht. Sie war dem Heulen nahe und daher schlecht. Doch dann war der Applaus so stark, daß sie vergaß.

Außerdem trat an diesem Abend Jutta in ihr Leben. Ein Mädchen, das sie sonst nur wahrgenommen hätte, wenn sie über sie gestolpert wäre. Ein Mädchen auf den zweiten Blick. Am Premierenabend vor dem Bühneneingang aber wußte Emily auf den ersten Blick, daß Jutta für sie wichtig war. Als sie ins Freie trat, Carlo hinter ihr, mußte sie sofort Jutta anschauen, noch bevor diese einen Schritt auf sie zu machte und fragte: „Geben Sie mir ein Autogramm, bitte?" Emily verzog ihr Gesicht komisch und fragte zurück: „Von mir? Nicht von ihm?" Sie machte eine Kopfbewegung in Richtung Carlo. „Von ihm auch."

Carlo auch(!?), sie aber vor allem, das war Emily noch nie passiert. Dieses „von ihm auch" bedeutete für Emily, in einem Tunnel um eine Kurve zu kommen und in der Ferne Licht sehen. Ein Licht, mit dem sie nie gerechnet hätte: Carlo *auch*. Es war nie ihr Lebenssinn gewesen, Carlo in den Schatten zu stellen, ihn aus dem Rampenlicht zu drängen, aber jetzt, da sie selbst ein Licht auf sich gerichtet spürte, wärmte dieses Licht ihr Inneres, und sie hatte das Gefühl, vorher gefroren zu haben.

Jutta war seit langem ein Fan von Carlo. Sie hatte ihn in Filmen und in allen seinen Bühnenrollen der vergangenen zwei Jahre gesehen. In ihrem Tagebuch waren alle Fotos eingeklebt, die sie von ihm in Zeitungen und Illustrierten gefunden hatte. Nur unter seine Augen hatte sie sich noch nie getraut. Und auch an diesem Abend war sie sich von dem Moment an, da sie ihn erblickte, ganz sicher, daß sie vor Aufregung stottern oder überhaupt stumm sein würde, wenn sie das Wort an ihn richten müßte. Die höchste Not gab ihr die rettende Idee, sich an Emily zu wenden. Eine Königsidee, wie sich herausstellen sollte.

Carlo hatte dieses „von ihm auch" natürlich mitbekommen und war alarmiert. Unbewußt wurde ihm bewußt, daß es für ihn um Sein oder Nichtsein ging.

Er war bereit zu kämpfen. Wortlos setzte er sein Autogramm neben das von Emily. Als er aufschaute, sendeten seine Augen einen Tausend-Volt-Strahl auf Juttas Gesicht. Die Stromstöße fuhren Jutta durch Mund und Schlund und Magen direkt in den Unterleib. Nur in ihrem Gesicht war von dem Beben nichts zu merken. Carlo flüchtete also noch weiter nach vorne: „Was ist, hast du Zeit? Wir lassen uns hochleben. Komm mit. Oder hast du keinen Ausgangsschein? Mir zuliebe, komm mit." Als Jutta nickte, atmeten alle drei auf. Auch Emily, denn sie glaubte sich durch Jutta in den Mittelpunkt gerückt und wollte dies so lang wie möglich bleiben.

Jutta ging in jede Vorstellung, lieferte nach dem Schlußsatz ihre Bravos ab, wartete anschließend vor dem Bühnentürl auf Emily und Carlo, die sie dann ins Kaffeehaus mitnahmen. Dort wartete meistens schon Herwig mit einer Runde von Stammtischphilosophen.

Jutta blieb bei ihrer aus der Not geborenen Taktik, sich auf Emily zu konzentrieren und damit Carlos ganze Aufmerksamkeit auf sich zu ziehen. So saßen die beiden Frauen oft an einem eigenen Tisch und schalteten sich nur dann und wann in das Männergespräch ein. Jutta übertrieb ihre demonstrative Anbetung Emilys manchmal, doch die beiden Adressaten der Täuschung wollten getäuscht sein. Vor allem für Emily bedeutete dies einen Schritt zu einem neuen Selbstverständnis. Da saß ihr jemand gegenüber, der ihr mit großen Augen an den Lippen hing. Jutta wollte vor allem in zwei Lebensbereichen von ihrer großen Freundin Unterweisungen: auf dem Gebiet des Theaters und der Liebe. Emily, die durch Carlos Schule gegangen war, entdeckte die Freuden des Dozierens. Zum Teil mit den Worten Carlos, zum Teil auch in seinem Sinne, zum Teil jedoch mit konträrer Tendenz erklärte sie der staunenden Jutta die Welt.

Eines Abends wird es am Männertisch laut. Herwig, beide Unterarme auf dem Tisch und den Kopf gesenkt, schreit die Marmortischplatte an, weil es ihm zu riskant erscheint, das, was er mit aller Entschiedenheit zu sagen hat, Carlo ins Gesicht zu schleudern: „Moissi war ein Dilettant! Ein Dilettant! Ein Kammersänger vielleicht. Aber kein Schauspieler! Ein Popanz an der Rampe! Ein Solist, ein Ariensänger. Aber doch nie ein Schauspieler, weil Theater heißt Abbild menschlichen Zusammenlebens, und nicht Abbild eines Herrn Moissi oder eines Herrn . . . was weiß ich wer . . .“

Herwig bietet seine ganze Kraft auf, um seinen Kopf gesenkt zu halten, doch vergeblich. Der Kopf bewegt sich nach oben und Herwig schaut Carlo an. Auch alle anderen, auch Jutta und Emily, schauen jetzt Carlo an. Die folgenden Worte Carlos kommen in Zeitlupe aus seinem Mund: „Wen meinst du mit: was weiß ich wer?" Auch die Schrecksekunde darauf läuft in Zeitlupe ab, und ebenso die Feststellung Emilys: „Er wird schon wissen, wen er meint", welchen Worten wiederum eine Schrecksekunde in Zeitlupe folgt.

Carlo wendet sich langsam um und beginnt — nach einem Kontrollblick auf Jutta — Emily zu fixieren. Er weiß, wie wichtig es wäre, jetzt nicht die Beherrschung zu verlieren. Und im nächsten Moment hört er sich brüllen: „Du Miststück! Bist vielleicht noch stolz auf diese Bemerkung?! Auf was könntest sonst noch stolz sein? Auf deine Begabung? Daß ich nicht lach! Und das nächste Mal warte gefälligst, bis du gefragt wirst, wenn Erwachsene miteinander reden!" Emily tötet ihre Zigarette ab, verstaut Zigarettenpackung und Feuerzeug in ihrer Handtasche, geht zum Garderobeständer, nimmt ihren Mantel, zieht ihn aber nicht an, und verläßt, ohne sich umzublicken, das Café.

Die weitere Entwicklung könnte man dramatisch nennen. Emily läuft nach Hause und packt ihren Koffer. Als Carlo nach einer halben Stunde noch nicht nachgekommen ist, packt sie den Koffer wieder aus, um ihn demonstrativ packen zu können, wenn er nach Hause kommt.

Als er drei Stunden später bei der Tür hereinkommt, hat sie nicht mehr die Kraft zum Packen. Er wirft sich vor ihr flach auf den Boden, beginnt wie ein Hund zu winseln, umklammert ihre Beine und beginnt, ihre Füße zu lecken. Bald darauf ist er schon bei ihren Knien und etwas später bei ihren Schenkeln. Emily hatte verloren.

Und sie war verloren. Mit Haut und Haar und Eingeweiden. Es war einer von den Trips in die Unendlichkeit, von denen nur der Körper zurückkehrt. Der seelische Zustand dieses unendlichen Augenblicks bleibt verschollen. Als sie sich rückblickend über diese seltsame Nacht selbst Aufschlüsse geben wollte, fiel ihr allerhand ein, was einleuchtend war und doch nichts erhellen konnte. Sie sagte sich, es wäre nicht jener Carlo gewesen, über den sie sich eigentlich keine Illusionen mehr machte, mit dem sie diese letzte Nacht verbracht hätte, sondern ihre Illusion von jenem Carlo, an die sie sich klammerte, weil sie nicht zugeben wollte, daß sie nur eine Illusion gewesen sei. Sie sagte sich, sie habe in jener Nacht nicht mit Carlo geschlafen, den sie schon in seiner Erbärmlichkeit durchschaut hatte, sondern mit ihrer Liebe zu Carlo. Genau genommen hätte sie ihn in dieser Nacht also schon betrogen. Was sie sich verschwieg, war, daß sie doch mit Carlo geschlafen hatte, mit einem für sie fremden, schokkierenden, aber unwiderstehlichen, hungrigen, sie verschlingenden, tierisch brüllenden, kindlich weinenden Carlo. Einem endlich aus der Plastikfolie geschälten Carlo.

Emily verschwieg sich das alles, weil sie sich davor fürchtete. Wie sich bald herausstellen sollte, fürchtete sie sich mit Recht davor.

Jutta war nach der dramatischen Nacht zwei Abende nicht zur Vorstellung gekommen. Am dritten Tag rief Emily Jutta an.

Freiwillig wäre Jutta Emily nie mehr unter die Augen gekommen. Schon bei dem Gedanken an sie wurde ihr übel vor Scham. Aber auch an sich selbst konnte sie nicht denken, ohne daß ein Ekelgefühl in ihr hochstieg. Carlo hatte in dem Kaffeehaus, nachdem er Emily angebrüllt hatte und diese wortlos gegangen war, Jutta angeboten, sie mit dem

Auto nach Hause zu bringen. Er war aber dann nicht zu ihr, sondern an den Stadtrand zu einem einsamen Parkplatz gefahren und hatte sie dort zuerst mit Worten und dann mit den Händen abgetastet. Jutta flehte ihn an, er möge es nicht tun, obwohl sie nichts mehr wünschte, als daß er es täte. Schon halb von Sinnen, aber noch mit zusammengepreßten Knien, entledigte sie sich der Pflicht, Emily zu erwähnen, der man das alles nicht antun könne. Als dann die Knie doch auseinandergingen, drang von weither ein zunächst unverständliches Wort in ihr Bewußtsein: „Scheiße!" Ungefähr eine Minute passierte nichts weiter. Carlo vollführte zwar die für diese Phase vorgesehenen Streichelbewegungen an Juttas wichtigsten erogenen Zonen, doch tat er dies ganz mechanisch. Dann fuhr er sie an: „So tu doch auch was! Streng dich an, du mußt mich hochbringen!" Da sie darauf, auch für ihn spürbar, seelisch und körperlich erstarrte, zog er seine Hand zurück und beschimpfte sie, ohne sie anzuschauen: „So eine Kuh. Liegt da wie eine Kuh." Er startete das Auto und brachte sie nach Hause, ohne daß noch ein Wort zwischen ihnen fiel. Hätte man aber die Stirnen der beiden aufklappen können, so wäre man jeweils auf etwas Rotglühendes gestoßen. In Carlo versuchte das Rotglühende zu klären, wann es ihm das letzte Mal zugestoßen sei, daß er bei einer Frau versagt hatte. Und bei Jutta ging es um die Frage, was von ihr jetzt überhaupt noch übrig sei.

Nachdem Emily Jutta angerufen und zu einem Treffen überredet hatte, saßen sie einander am Kaffeehaustisch gegenüber, und Jutta starrte auf die marmorne Tischplatte. Emily fragte mit nicht zitternder Stimme, was auch für sie selbst eine Überraschung war: „War was mit Carlo?“ Jutta ließ ihren Kopf noch tiefer in Richtung Tischplatte sinken. Emily nahm sie mit einer Hand bei den Haaren und zog den Kopf nach oben. Jutta machte eine nickende Kopfbewegung. „Ihr habt miteinander . . .?“ Jutta verneinte nicht. „Wann?“ „An dem Abend, weißt es ja, an dem er . . . an dem ihr gestritten habt. Wegen Moissi, weißt es ja. Es war im Auto. Er hat mich überfahren. Ich hab mich gefühlt, wie nach vier Vierteln, so high. Aber dann hätte ich mich anspeiben können.“

Minutenlang sagte keine von beiden etwas. Emily atmete ganz flach, Jutta seufzte manchmal auf. Beide dachten darüber nach, was Jutta eben gesagt hatte. Auch Jutta. Sie war von ihren eigenen Worten überrascht worden. Einige Augenblicke lang war sie versucht, sich zu korrigieren und Emily zu erklären, es sei nur zum Anspeiben gewesen, und kein Rausch. Genau genommen sei überhaupt nichts gewesen. Aber dann spürte sie wieder den Knebel im Mund wie damals vor dem Bühneneingang, als sie Carlo hätte ansprechen sollen. Nie würde sie zugeben, in Zukunft sogar sich selbst gegenüber nicht, daß sie vor Carlo die Beine breit gemacht hatte, mit dem einzigen Erfolg, von diesem eine Kuh genannt worden zu sein.

Für Emily gab es nun eine Erklärung für die wilde Fremdheit Carlos in dieser Nacht. An ihm war noch der Geruch einer anderen Frau gehaftet, und dieses Parfum hatte beide berauscht. Die Wahrheit, nämlich daß sie einen Todeskampf der Männlichkeit Carlos mitgemacht hatte, wäre nicht nur als Erklärung besser gewesen, sondern hätte sie auch milder gestimmt. Da sie die Wahrheit aber nicht kannte, sagte sie nur, ohne aufzuschauen: „Ich bin mit diesem Scheißkerl fertig. Endgültig.“ Dann schaute sie

Jutta ins Gesicht: „Willst du ihn haben?“ Jutta zuckte zusammen: „Nein.“

Am Abend dieses Tages gab man zum fünfzehntenmal das Stück „Joga“. Carlo kam direkt von Dreharbeiten für einen Werbefilm zur Vorstellung. In der Garderobe Emilys, die ihn mit einem Kuß auf die Wange begrüßte, stand ihr mittlerweile fertiggepackter Koffer. Jutta jubelte zum Schluß der Vorstellung. Nachher verabschiedete sich Emily von Carlo mit einem Kuß auf die Wange. In einer Hand hatte sie ihren Koffer. Sie sagte ihm so nebenher, sie würde nicht mehr ins Stammcafé kommen, und dann ging sie fort, in Begleitung von Jutta, die ihr nach einigen Schritten den Koffer aus der Hand nahm.

Carlo eilte den beiden nach, nahm Emily an der Schulter und zog sie beiseite. „Hat diese Kuh sich wichtig gemacht?“ Sein Kopf schnellte in Richtung Jutta, die den Koffer abgestellt hatte und wartete. Emily, im Vollbesitz ihres Gesichtes, schaute Carlo so an, daß er ihren Blick nicht aushalten konnte. Er preßte noch hervor: „Es war gar nichts mit ihr. Das heißt . . .“, dann gibt er auf.

Emily und Jutta lassen ihn stehen.

Jutta besuchte wieder regelmäßig die Vorstellungen, und beide waren sehr freundlich zu ihm, aber so, wie man zu einem nicht ganz entwickelten Kind freundlich ist. Sie gründeten einen eigenen Stammtisch in einem anderen Café.

Carlo aber war wenigstens ein Jahr lang nicht mehr in der Lage — weder an einem Stammtisch noch auf der Kante eines Bettes, in dem er beide Polster auf seine Seite gezogen hatte —, einem anderen die Welt zu erklären.

JUTTA SCHUTTING

Kukuruz

vermutlich kam alles an Bangigkeit nur davon, daß den beiden der Augenblick des Einander-zum-ersten-Mal-Sehens als ein sich beliebig und unerwartet erneuerndes Eben-erst-jetzt lebendig gebliebben war und daher ihre Vertrautheit immer wieder in den gespenstischen Zauber der Fremdheit tauchte als der Ahnung, wie es sein würde, den anderen zu lieben —

an dem Abend, an welchem sie ihn als den anderen zum ersten Mal gesehen hatte, war er mit einer Zeitung unter einer Straßenlampe gestanden, hatte aufgeschaut und sie dann, als ob sie ihn etwas fragte und er erst, wenn sie die Frage zu Ende gesprochen hätte, antworten würde, ruhig angesehen und immer noch angesehen, obwohl sie längst an ihm vorbeigekommen war, und sie sah noch lange in sein Gesicht, von welchem sie sich, daß es bei Tag weniger blaß wäre, nicht recht vorstellen konnte, nicht einmal dann noch, als sie ihn, um sich zu vergewissern, daß seine Blässe nur das Licht der Straßenlampe gewesen war, zu verschiedenen Tageszeiten getroffen hatte:

so wartete sie darauf, daß er ihr etwas Schlimmes (im günstigsten Fall von einer Krankheit, die eingeschläfert worden sei, aber doch wieder wach werden könnte) sagen würde, welche Befürchtung sich ihr aber erst, als er auf ein paar Tage fortfahren mußte, in dem Erschrecken ‚er muß ins Spital und will es mir nicht sagen!' offenbarte. sie sagte sich dann zwar, daß seine Zurückhaltung weniger der Absicht entspringe, ihr etwas vorzuenthalten oder sie von einer Krankheit fernzuhalten, als vielmehr der schmerzlichen Freude an dem Spiel, ihr jeden nächsten Schritt, zu tun oder nicht zu tun, zu überlassen, und daher auch seiner Ängstlichkeit, alles das, worein mit ihm sich einzulassen sie schon nicht mehr zögerte, durch mehr als durch seine Gegenwart zu beschleunigen, aber sie fragte sich trotzdem des öfteren, ob diejenigen, welchen sie ihn verheimlichte, sagen würden, er sähe krank aus und sei es wohl auch, und nahm die Bemerkungen von Bekannten, sie sehe müde aus, was ihr fehle, als Bestätigung der Ansteckung oder noch lieber: der von ihm und von ihr gemeinsam entwickelten Symptome für etwas, das sie in heiteren Augenblikken ‚Mond-Tbc' nannte, glücklich, daß das Geheimnis, ohne sich oder sie zu verraten, nicht ohne Spuren geblieben war.

sie fragte sich auch, ohne daß diese Vermutung, mit der sie ja doch nur spielte, sie erschreckte, ob nicht vielleicht *sie* krank wäre und an ihm bloß die Wirkung der nur noch ihr verborgenen Krankheit wahrnähme, in Augenblicken kühler Selbsteinschätzung aber, ob sie sich nicht, da doch vor allem sein blasses Gesicht der Anfang gewesen war, mehr mit angerührter Berechnung als mit unbedachter Gemütsbewegung in eine solche Beziehung eingelassen habe, der von Anfang an ein solches Ende anzusehen war, welches ihr die Entscheidung zu einer Trennung und Erklärungen ersparen würde,

aber genauso oft überlegte sie, vor allem später, ob nicht ihre Befürchtung, er könnte krank sein, der Wunsch sei, er solle schwer krank sein, damit seine Anziehung nicht die sie bedrohende, weil leichtfertig eingegangene Liebe wäre, sondern die Unwiderstehlichkeit der Chance, ihm viele letzte Wünsche zu erfüllen (als ob sie sich so in eine Distanz retten könnte, als ob durch diese Betrachtung ihre Schuld verkleinert würde und durch seinen baldigen Tod im nachhinein als Mitleid gerechtfertigt wäre)

sie stellte die Frage aber auch so, ob der von der Befürchtung, er könnte schwer krank sein, getarnte Wunsch, er solle es sein, damit ihre Aufgestörtheit nicht zu lange dauere, nicht doch nur Spiegelung der neuen Erfahrung sei, daß, so heiter sie auch jedes Mal miteinander waren, eine Beklommenheit in ihrer Nähe blieb, eine Vorsicht wie die des Verschweigens und Unterlassens, wofür, da sie die Belastung durch die Liebe und daher auch die Liebe jetzt erst kannte, ‚kurzes Glück' die nächstliegende Erklärung war — daher auch mit manchem Wiedersehen und Abschied die heimlich wiederkehrende Frage, ob sie nicht, um das Warten auf das von Wiedersehen zu Wiedersehen schwerer zu ertragende Ende abzukürzen und dem Schicksal zuvorzukommen, voll Dankbarkeit, den Zeitpunkt des Getrenntwerdens oder der Trennung selbst bestimmen zu dürfen, das gemeinsame vorvorletzte oder vorletzte Mal im nachhinein zu ihrem letzten Mal machen sollte.

und in zuversichtlichen Augenblicken stellte sie die Frage auch so, ob sie so oft an ein unwiderrufliches Ende denke, weil sie ihn nur von etwas sich nehmen lassen wollte, das statt mit Eifersucht oder Vorwürfen nur mit Schmerz zu beantworten wäre, unfähig, eine Trennung sich anders als als Getrennt-zu-werden vorzustellen; ob sie, ohne sich das ganz einzugestehen, trotz der zwischen ihnen erhalten gebliebenen Fremdheit mit ihm so glücklich sei, daß sie, eben weil sie die Gewöhnung an das Außergewöhnliche und den Anspruch des Einander-gewohnt-Seins auf Dauer unterschätzte, der Dauer ihres Glücks nicht trauen konnte und daher, plötzlich abergläubisch geworden, dem Schicksal und auch sich vormachen wollte, sie wisse seit dem ersten Blick in sein Gesicht, von einer Stunde auf die andere werde alles ohne Vorbereitung und Schonung vorbei sein, um durch den lebendig gehaltenen Gedanken an Krankheit und Tod sich mit Krankheit und Tod prophylaktisch zu verbünden und dadurch beide an ihm Wirklichkeit zu werden abzuhalten bzw. um sich mithilfe ihrer Angst auf so lange, wie sie ihn liebte, gegen Krankheit und Tod immun zu machen. und wenn ihr besonders bang war, suchte sie die Frage so zu fragen, ob sie nicht, falls die Bedrohung ihrer nie zuvor so heftig erlebten Liebe durch die Gewohnheit sie mehr als alles andere ängstigte (als müßte sie den Verlust einer Qualität ihrer Liebe mehr als den Verlust des Geliebten beklagen), den Tod bzw. die Dankbarkeit, daß es noch nicht so weit wäre, als Stimulans zu noch heftigerer Liebe mißbrauche; ob nicht jede neue Liebesbeziehung als ‚Abkehr von' zugleich etwas wie der Tod sei, ob nicht die Liebe als der Versuch, der andere zu werden und sich selbst alles, was vor ihm gewesen ist, zu nehmen, den Gedanken, so könnte der Tod sein, nahelege (was sich ihr in der Tatsache, daß viele Liebesgedichte alt gewordener Dichter auch Gedichte über den Tod sind, bestätigte); ob nicht in dem Wunsch nach einer einen neu erschaffenden Umarmung die Anziehung des Todes sei, die Neugierde, den Tod als Zustand zu erleben, und ob somit die Liebe die Möglichkeit ist, wiederholbar zu sterben und ohne Angst in jeder Umarmung sich an die letzte zu gewöhnen.

aber das alles fragte sie sich eigentlich nur indirekt, indem sie zum Beispiel schon bei den ersten Abschieden die Hemmung entdeckte, ‚Auf Wiedersehen!‘ zu sagen, und sich dann fragte, warum — einmal, wie sie glaubte, weil sie vor allem befürchtete, mit diesem Gruß wie mit einem ‚Auf bald!‘ oder ‚Auf morgen!‘ ein nicht in ihrer oder seiner Macht gelegenes Nichtmehr-Wiedersehen oder fragliches Irgendeinmal-einander-Wiedersehen zu beschwören; einmal, weil sie sich sorgte, er könnte diesen Gruß als aufmunternde Lüge, es stehe um ihn nicht so schlecht, daß sie einander vielleicht nicht mehr wiedersehen würden, mißverstehen, wodurch er dann erst recht befürchten müßte, es stünde noch schlimmer um ihn, als er spürte oder wüßte (und so war ihr bei manchem Abschied, überhaupt, wenn sie sich oder einander nach dem Auseinandergehen dabei ertappten, sich nach dem andern noch einmal umgedreht zu haben, als glaubte sie selbst nicht so recht an ein Wiedersehen, auch wenn das, da sie im Abschiednehmen nicht bezweifelte Pläne für das Wiedersehen gefaßt hatten, zugleich auch nicht stimmte); indem sie sich mehrmals bei der Überlegung ertappte, ob sie, sooft es mit ihm spät werden würde, ‚komm gut nach Hause!‘ sagen könnte oder ob dies die Formel ist, die man Toten ins Grab nachwirft; indem sie sich manchmal schämte, wenn sie, nachdem er ‚schlaf gut!‘ gesagt hatte, nicht gleich einschlafen konnte und ihr dann, zu ihm hinüberhorchend, so war, als ob sie, auch wenn sie in Wahrheit nur etwas zu starken Kaffee getrunken hatte, sich nicht einzuschlafen getraute, weil die Befürchtung sie wach hielt, neben ihm liegend könnte ihr der Tod im Schlaf besonders leicht geschehen.

oft war ihr, als hätte auch er sich darauf eingerichtet, in selten gestörter Heiterkeit Todesahnungen zu beherbergen, denn ohne daß er jemals fragte, warum sie dies so wollte, gewöhnten sie es sich miteinander an, sich weder zu begrüßen und zu verabschieden noch in der ohne den andern hingebrachten Zwischenzeit Erlebtes einander zu erzählen, als würden sie einander begrüßend dem Schicksal für einen Aufschub danken, mit welchem sie nicht mehr gerechnet hätten, sich voneinander verabschiedend das Auseinandergerissenwerden billigen oder mit der Frage, wie es dem anderen ergangen sei, zynisch vorwegnehmen, daß der Zurückbleibende weiterleben und weiterhin etwas erleben werde (da sie aber andererseits kleinere Trennungen nicht mieden oder sogar suchten, um nur ja nicht durch ein ängstliches Beisammenbleiben die andere Trennung erst recht zu veranlassen, war ihnen in fast jedem Beisammensein die Trennung, längst nur mehr als Getrenntwerden-werden vorstellbar, als Gegenbild so gegenwärtig, daß sie auch miteinander etwas getrennt zu bleiben suchten oder ohne ihr Zutun etwas getrennt blieben, indem sie zum Beispiel, wenn einer krank war, in das an ihrem ersten Abend gemiedene „Sie" sich zurückfallen ließen)

oftmals unterließen sie es auch, dies oder das einander anders vorzuschlagen, als das Vorzuschlagende zu beschreiben und die Bitte oder Frage möglichst neutral anzuschließen (‚da sollte man einmal hingehen!', ‚kann das sehenswert sein?'), als würde der, den es auf solchen Umwegen zu einer Zustimmung oder Ablehnung zu bewegen galt, sich auf einen zum Beispiel mit einem ‚wollen wir nicht heute abend' eingeleiteten Satz so einrichten, daß die Aufforderung zu dem gemeinsamen Allerletzten wirklich folgen müßte — und da ihnen manchmal auch der behutsamste Vorschlag einen Rest der Befürchtung enthielt, wenn man dies und das vorschlagen könne, warum dann nicht auch eines

Tages ganz unbedacht das eine, suchten sie häufig zu erraten, was dem anderen lieb wäre, und sich wortlos-gemeinsam dafür zu entscheiden und, da ja auch die andere Entscheidung in einem ähnlichen Einverständnis wortlos getroffen werden würde, ihre Stunden möglichst gleich sich wiederholen zu lassen und alles Neue als das nicht schon in der ersten Unbefangenheit Erprobte zu unterlassen oder jedes erste Mal als Wiederkehr eines vertrauten Males aufzufassen (die Spaziergänge zum Beispiel als erweiterten Aufenthalt in seinem Zuhause, um nicht nachher ‚heimgehen' oder ‚den Heimgang antreten' zu müssen); vermieden sie es aus Angst vor der Suggestivität des Bildes, auch wenn als Begründung manchmal der Straßenstaub herhalten mußte, in Straßenkleidung vor- oder nebeneinander auf dem Bett zu liegen, und taten sie meist sofort, was im Augenblick nur einem als schön oder nützlich erschien, als bedeutete der Einwand ‚nicht lieber erst, wenn . . .?' oder ‚sollten wir nicht vorher . . .?' eine prinzipielle Zustimmung zu dem, was einem noch immer zu tun bleibt, wenn nichts mehr helfen kann.

und sie schrieben einander lieber bunte Ansichtskarten (keinen Gruß, dafür Bemerkungen, wie man sie beim Spazierengehen macht; Mitteilungen, die aufzuschreiben sie früher nicht für wert befunden hätten) als Briefe, als könnten sie, wenn sie das Kuvert verschlössen bzw. öffneten, dem andern ein letztes Geheimnis zufügen bzw. entreißen, oder richteten es so ein, daß sie, sooft sie einander doch einen Brief schrieben, auf einer vorausgeschickten Karte oder per Telephon einander wissen ließen, was in dem Brief stand, oder, wenn dergleichen nicht möglich war, den Brief erst wieder nebeneinander sitzend lasen, und sie lernten es, von dem ihr Alleinsein beherrschenden Wunsch, der andere sollte da sein, in Umschreibungen zu reden, als könnte dieser Wunsch, ihnen vom Schicksal als Undankbarkeit übel genommen, nach dem nächsten Auseinandergehen zu einer wohlbegründeten Klage werden — so mied sie es auch, wenn sie zu Freunden von ihm sprach, zum Beispiel ‚er kommt mich bald holen!', ‚ich möchte ihn nicht länger warten lassen!' zu sagen, wie er ‚in . . . Stunden bin ich bei ihr' zu denken, und sie gingen einander niemals irgendwohin voraus, ließen den anderen nie nachkommen oder sich von ihm erwarten, sondern gingen immer einander entgegen.

selten etwas zu Ende oder so lange getan, als sie dazu Lust gehabt hätten, um nicht etwas abzuschließen oder ‚ich mag nicht mehr' zu fühlen oder zu denken; Wendungen wie ‚morgen um diese Zeit', Wünsche wie ‚wenn nur schon Sonntag wäre!' gemieden, aber häufig mit dem Schlafwagen gefahren, um am Zugfenster zu erproben, wie es sein wird, wo anders, als wo man sich niedergelegt hat, aufzuwachen und trotzdem den andern nicht suchen zu müssen, und um gleich nach der Ankunft in der fremden Stadt zurückzufahren und dadurch den Tod zu widerrufen.

an manchen Tagen einander aus dem Weg gegangen, an Tagen besonderer Sicherheit auch Gespräche über den Tod, indem sie zum Beispiel ihre Vorgeschichte von der Kindheit an als eine Reihe Situationen mit längst Gestorbenen einander erzählen, indem sie verjährte Ängste vor dem Tod oder lange vergessene Traumtode samt den Ursachen und Anlässen zurückholen oder die Augenblicke, in welchen einem anderen in ihrer Nähe etwas Schlimmes geschehen ist oder fast geschehen wäre, ohne sich erzählend oder zuhörend zu fragen, ob dem Unbekannten, Freund oder Verwandten durch die eigene bzw. des anderen Nähe der tödliche Schlag zugefügt bzw. erspart worden ist, wie sie ja auch den Respekt, den sie vor einander hatten, lange nicht (und dann nur selten) so deuteten, sie hätten den anderen, selbst wenn es noch lange nicht so weit wäre, von Anfang an als Statthalter dessen erkannt, der er ihnen einmal sein wird, und würden ihn, nur von ihm sich auslöschen zu lassen bereit, auch als ihr Schicksal lieben: wenn sie nämlich diese Eingebung bei Tageslicht betrachteten, konnten sie sich nicht einmal mithilfe des Beispieles ‚gemeinsame Autofahrt' vorstellen, wann, wie oft und wie jeder dem anderen, und sei es durch eine Verzögerung der Abfahrt, ein Schutzengel gewesen sei, um ihm erst viel später der ihm allein gehörende Abschiedsengel zu werden (aber manchmal getrauten sie sich nicht einmal, ihre Ergriffenheit vor bestimmten Bäumen, Farben des Flusses etcetera einander mitzuteilen und erst recht nicht die Erfahrung, daß ihnen der andere während seiner Abwesenheit im Ruf eines Vogels oder in nachhallenden Sätzen verborgen und gegenwärtig gewesen war, als könnte er das so verstehen, sie sollten für den Fall des sie auf immer trennenden Ereignisses möglichst bald vereinbaren, der Betroffene möge zu bestimmten Zeiten in den schon zu seinen Lebzeiten mit ihm oder mit der Sehnsucht nach ihm aufgeladenen Dingen ein Rendezvous vorschlagen oder ein tröstliches Zeichen geben)

auf einem Jahrmarkt bleibt er vor einem Standel, an welchem Kukuruzkolben verkauft werden, stehen, sieht sie fragend an wie damals unter der Straßenlampe, zieht sie dann aber weg, die Körner seien überreif, und da erinnert sie sich, zum ersten

Mal in sein Gesicht schauend gedacht zu haben, einmal würden sie ja doch Kukuruz essend durch die Straßen gehen — nach dem Kukuruz-Häfen sich umdrehend, kommt ihr auch der Traum zurück, den sie vor dem ersten Wiedersehen Nacht für Nacht geträumt hat als Antwort auf die Halbschlaffrage, was bloß ‚mit jemandem Kukuruz essen wollen' bedeute: sie an der Hand haltend, leuchtet er mit einer Taschenlampe ein Felsbild an, auf welchem ein indianischer Totenmeister Kukuruzkörner streuend die Todkranken aus der Stadt auf den Berg des Schlafes geleitet, aber dann ist das Felsbild ein Kirchenbild, auf welchem der Engel, dessen Botschaft ansonsten eine schwarze Kerze ist, Kukuruzbrot als Wegzehrung überbringt und daher trotz seiner Blässe doch nur ein Schutzengel ist, sein von der Kranken erwidertes Lächeln nichts als die Gewißheit von der stärkenden Wirkung seines Brotes (ihrem Blick folgend, kommt ihm die Erinnerung an sein von ihrem Lächeln sofort beschwichtigtes Erschrecken unter der Straßenlampe, diese Frau sei die erste Ankündigung seines Todes, werde ihn aber lange Zeit vor ihrer Botschaft schützen, sofern er nie mit ihr ein Maisfeld betrete, so zurück, daß er nun energisch ‚bitte komm, die Kolben brauchen noch viel Sonne!' sagt und ihr, wann immer sie dies wolle, Fladen aus Maismehl zu backen verspricht)

als sie am selben Nachmittag einander lieben, das wortlose Eingeständnis, daß sie, vertrauend auch auf die wechselseitige Ansteckung zu einem ganz anderen Außer-sich-Geraten, einander schon längst ohne Angst voreinander oder füreinander umarmen — daher am Abend (bereit, anzunehmen, was sie einander vielleicht im Traum zu bestellen haben) miteinander schlafen gegangen, um sich und einander zum ersten Mal ‚Gute Nacht!' zu sagen und dann ohne Angst vor dieser Nacht ruhig miteinander einzuschlafen.

BRIGITTE SCHWAIGER

Etüde in Sorglosigkeit

Mein Ich. Mein Ich. Wo ist mein zweites Ich.

Es liest Gedichte. Es amüsiert sich über sich selbst, über mich.

Wie kommt es dazu, sich über mich lustig zu machen, mein zweites Ich?

Wie kamen die Sterne dazu, hier stillzustehen?

Kehlig die Stimme. Kaum hörbar, der kleine Akzent.

Sein Freund behauptet, er habe keinen. Er höre das nicht. Aber ich schon. Ich war schon einmal verliebt in so einen, der aus demselben Land kam.

Ja, und jetzt wirft er ein Wort ganz tief hinunter. Läßt es einfach fallen. Das Wort „Erde". Ganz lässig fällt es herab von einer Zeile. Damit es nur ja nicht dramatisch wird. Oder gar schwülstig.

Er paßt gut auf.

Und dann sagt er eine ganze Zeile noch einmal. Und einiges dazu.

Ich lausche.

Das ist so — ja, du hast eine angenehme Stimme. Die müßtest du einmal hören. Und deine leicht verschnupfte Nase. Behutsam, wie du Gedichte liest. Vorsichtig, um keine Zeile zu zerstören. Was für ein sanftes Wesen. Diszipliniert in der Metrik. Ein wirklich angenehmes Wesen bist du. Und ein bißchen müde. So wie du mir geschrieben hast. Daß du vor dich hin hockst. Daß du müde bist. Daß du faul bist. Daß du aber viel arbeitest. Und übermütig, wie du jetzt auf einmal etwas erzählst. Du machst mir Spaß. Wie du fragst. Wie du antwortest. Wie du etwas dazwischenwirfst. Ein Seufzer. Ein kleines

„ach“. Und wie ich das alles mißverstehe, vielleicht. Weil du mich gar nicht meinst und dich nicht für mich erfunden hast. Traurig-besinnliche Weihnachten wünschst du mir. Wie ich deine Stimme höre, die einsame, in die Nacht hinaus. So feierlich, wenn es feierlich wird. Ach, und immer so diszipliniert in der Metrik. Wenn du verstehst, was ich damit sagen will. Die Ehrfurcht vor dem Wort eines Fremden.

Daß du Gott bist. Ja. Es ist immer noch besser, einen andern für einen Gott zu halten als sich selbst. Ich fürchte, du bist ein ganz, ganz großes Kind. Weder Mann noch Frau. Engel mit echtem Blut. Du bist einsam. Ein Schwärmer. Ein sehr schöner Mensch mit unberührbarem Mund. Gigantischer Internatsknabe. Aber ich kann lieben und die Schmerzen der Nerven ertragen, noch bevor *eine Hand* mich *erweckt*.

Ich gehe gern in Hurenkleidern, ich sage es dir, wie es ist. Mein Körper ist mir zu schade dafür, daß ich ihn verkaufe. So wie die Bilder, die ich male und verschenke. Gern würde ich in Hurenkleidern den Erdball umkreisen, überall sichtbar für jeden Mann der Welt, denn ich habe mit keinem mehr Mitleid.

Und eine Stunde lang sollen sie alle, ohne Erbarmen, auch die Schuldlosen, leiden.

Was für Bestien hat mein Bett schon beherbergt. Sie haben ihre Lust gehabt, die einen mehr, die andern weniger, und ich bin dann gelegen, schlechter als allein.

Kennst du das heilige Gebot: Du sollst deine Frau befriedigen oder die Finger von ihr lassen.

Ich habe mich vor allen gefürchtet und die Liebe nicht gespürt, außer mit einem, der schwach war wie ich.

Die neuen Verbrecher sind schon da. Man lacht nicht nur, man fürchtet sie auch schon, so wie die alten. Man traut sich nicht zu sagen, daß man sie fürchtet, denn das würde sie so stark machen, wie sie sind. Ich habe für dich und mich nur einen Gedanken: dieses Land verlassen und den Lebensabend so bald wie möglich auf einem anderen Kontinent beginnen. Es ist noch schöne, helle Dämmerung. Auch birgt die Nacht unsagbare Geschenke. Nüchtern gesprochen: Vorteile für dich und mich. Daß ich einmal meine Hand auf deine Stirn legen möchte, habe ich es dir gesagt.

Die werden uns doch nicht alle umbringen, die von drüben, jenseits des Wassers?

Die werden doch am nördlichen Zipfel ihres Kontinents ihren kleinen Streit, ihre kleine Meinungsverschiedenheit über die gerechte Verteilung der Güter der Welt austragen.

Halten wir uns also möglichst fern von Alaska. Ich schreibe mit Blut.

Liebe Rosa. Solange du darüber nachdenkst, daß es nicht leicht ist, deinen Mann zu lieben, möchte ich mir erlauben, diesen Teil ehelicher Pflicht an deiner Statt zu erfüllen. Da richtig ist, was du vermutest: Es gibt sie, die Liebe. Und da du, weil du mir geschrieben hast, falls es die Liebe gäbe, wenn es die Liebe gibt, ihn liebst, am Vorhandensein des Dings, genannt Liebe, zu zweifeln scheinst, bitte ich dich, den Ort der Liebe einstweilen bei mir zu vermuten und sie somit als solche in allen ihren Äußerungen als gegeben zu sehen.

Die Nächte sind schwer, das Morgengrauen noch

dicht und schwarz. Jeder Atem ist so schwer, in der Nacht, des Morgens, wenn er anhebt, der Tag. Als wäre er furchtbar schwer, so hebt er sich. Als trüge er eine ziehende Last, so dunkel zieht sich sein Atem hinaus. Das Eis schmilzt von den Dächern, der Schnee rinnt fort, und die Hand, die dieses schreibt, möchte die Deine werden, auf daß sie, was deine beiden Hände zu zweit nicht erlangen, zu dritt und zu viert tun. Meine linke Hand behalte ich aber doch lieber fürs Türaufmachen, Rollwagenschieben, falls du achtzig Jahre alt werden solltest und jemals ein solches Gestell brauchen, was ich dir aber so wenig wünsche wie mich selbst, falls ich jemals für dich eine Behinderung sein sollte.

Lieber Sorgenbeladener, Bekümmerter, möge dein Schmerz stets auch meiner bleiben, und möge derselbe Mond so wie seit unseren Geburten über uns leuchten, dies wünscht dir deine Frau Elisa.

Denn ich bin ja kein Mann.

Und was er für ein Mensch ist. In aller Stille reißt er eine Mauer nieder. Die von Unverständnis, Verlogenheit, Falschheit und Betrug. Er führt den, der ihm zuhört und ihm zuschaut, zu einem Licht. Zu dem, das hinter dem Licht ist, hinter das die meisten geführt werden, damit sie nicht sehen. Er bringt die kleine, andere Lampe. Die des Gewissens. Still leuchtet sie, still reißt er eine Mauer nieder.

Die finsteren Monate. Jänner bis März und weiter dahin. Dann pflegte ich eine sterbenskranke Frau. Es waren gute Tage und gute Nächte. Irgendwo aufbewahrt alle Erinnerung. Dann opferte ich mich wieder einmal dem Fernsehbildschirm als Fernsehfutter. Die Kamera war auf mich gerichtet, ein besonderes Licht leuchtete, und meine Worte wurden zerschnitten, mein Gesicht zerteilt, und ich hatte einmal so schön gelächelt, mit einem brennenden Streichholz in der Hand. Man sah nur meine Hand und das mit kleiner Flamme beladene Hölzchen. Aus meiner Stimme hörte man das wahre Lächeln. Aber sie schnitten diese Schönheit und Wahrheit ganz heraus und warfen das einzig Gute fort.

Und du, der du mir keinen Brief mehr schreiben magst, nachdem du mir deine Sprödigkeit gestanden hast, erlaube mir ein paar Zeilen an dich, die ich alsbald hier beende, da du in meinem Herzen lebst und ich keinen reumütigen Briefschuldner beherbergen möchte. So soll die Heiterkeit deiner lichten Stunden stets auch mich erhellen und der Gram, von dem du mir berichtet hast, in der Hitze allen Glücks mir ein fruchtbarer Schatten sein.

Deine Frau hat meine Briefe aufgemacht und gelesen. Du hast das Briefeschreiben so sehr gelobt, in ihrer und meiner Gegenwart, daß sie mißtrauisch wurde. Jetzt fragt sie mich, ob ich die Briefe für mich behalten möchte oder sie dir geben. Sie sagt, daß sie alles mir überläßt. Aber ich möchte dir etwas, was entweiht ist, nicht geben. Auch deine Briefe habe ich dem Feuergott geopfert, und du siehst, wie er antwortet.

Mit der Tinte habe ich herumgepatzt auf meinem Papier, und auf einmal war es Blut, was ich verspritzte. Fingerblut, denn das Herzblut ist ja schon getrunken worden von einem anderen.

„Ja, bitte?“

Jetzt hast du endlich angerufen, und deine Stimme war so sanft wie am ersten Tag. Du hast so leise gefragt, und ich habe flüstern dürfen, und du hast zurückgeflüstert, daß dein Telefon nicht immer so ruhig ist, und daß du mich am Abend noch einmal anrufen wirst, und ich mußte dir leider sagen, daß ich um acht schon schlafe, weil ich der Nachtgeist bin, der sich selber weckt um vier Uhr früh allerspätestens. Du hast gelacht. Das war ein Gottesbeweis.

Du liebst nur Männer. Oh. Ich werde also ab der Sekunde, in der du dir dieses herausgepreßt hast, dein Freund sein. Du ahnst nicht, was für Flügel die Liebe einer Frau hat, die schon als Mädchen immer Knabe sein mußte für den, den sie verehrte: ihren Vater, der sich einen Sohn wünschte. Sie trieb es weit. Und endlich sprach der Vater: „Ich bin stolz auf dich."

Du hast mich um ein Uhr früh geweckt, Kind, du. Großes Kind. Du hast gefragt, wer ich bin. Ich habe nur gähnen können: Die Summe meiner Erfahrungen. Dann mußte ich den Hörer weglegen, denn ich war mitten in einem Traum von einem Dichter, der eine Frau suchte, und gerade hatte ich ihn getroffen, und wir standen uns gegenüber, da zerschnitt die Klingel des Telefons meine aufregende Vision. Ich legte den Kopf wieder auf den Polster, aber der Dichter hatte sich verzogen. Verzupft, ja. Und es ist schwer, weiterzuschlafen ohne Traum, aufzuschrekken, weil ein Gedanke wie ein Messer wieder einmal alles durchschlägt, was man tagsüber sorgfältig geknüpft hat. Du kennst das Schlaflossein nicht, fürchte ich. Du betäubst alle Schlaflosigkeit mit emsiger Arbeit. Aber ich muß wachen und Gedanken flattern lassen und darf ihnen nur zuschauen wie irr gewordenen Vögeln.

Rosa ist ein Engel, sagt dein Freund über deine Frau. Und ich kann dir von mir nichts mehr erzählen. Auch wenn sie ein Engel ist, der jetzt duldet, wüßte ich nicht, wo anfangen. Ich habe eine Krankheit hinter mir, die heißt „Großstadt“. Ich war so dumm, in den vielen Gassen irgendwo hinter einer der Türen das Glück zu suchen. Du hast mir so wunderschöne Briefe geschenkt, mit rosaroter und gelber Marke, und sogar der Stempel hatte eine ganz besondere Zeichnung, mit einem klingenden italienischen Wort drauf, und jetzt findest du, daß ich eine unmögliche Person bin und daß Rosa das auch sagt, und daß sie verspricht, nie wieder einen Brief von mir aufzureißen. Dann hat sie mir gesagt, daß sie noch immer darüber nachdenkt, ob sie dich liebt, daß sie aber den Luxus des Denkens sich gar nicht leisten dürfte, denn ihr habt Schwierigkeiten mit euren Kindern, und du hast behauptet, daß du zwei Kinder hast, Rosa sagt, es seien drei. Ich weiß aber mit Sicherheit, daß es noch ein Kind von dir gibt, denn diese Frau habe ich kennengelernt, und du selbst hast doch einmal zugegeben, daß du von jenem Kind weißt, das inzwischen erwachsen ist und mit einem Mann verheiratet, der älter ist als du. Bonvivant, sagtest du, seist du gewesen. Und darüber kränke ich mich so sehr, daß ich mir wünsche, du mögest anrufen, einfach, damit ich zu dir böse sein kann. Aber so male ich alle Wut in den Himmel, und der zeigt nicht die Spur einer Bewölkung. Die Sonne lacht wirklich. Das ist kein literarisches Klischee. Sie hat es mir selbst gesagt, daß sie nur deshalb in der Literatur so oft lacht, weil es wahr ist.

Vom Ferry, der mein Herz ausgetrunken hat, habe ich dir noch nicht erzählt. Dabei verdankst du ihm, daß ich dich liebe. Ferry ist aus demselben Land wie du. Er trägt eine Brille wie du, war einmal Kunstturner, dann wurde er Bühnenkünstler. Und die Geschichte mit Ferry beginnt mit dem Wort Chimäre. Das habe ich von Ferry gelernt. So hat der Ferry gesagt. Daß er zum Max gesagt hat: „Vielleicht ist es nur Chimäre." Er hat damit gemeint: seine Liebe zu mir und meine zu ihm. Denn der Max war vorher bei mir, und es war nicht einmal Chimäre, nur Not. Dann ist der Ferry bei mir eingezogen und hat bei mir gewohnt. Dann habe ich ihn hinausgeworfen. Nachdem er ein paar Tage und ein paar Nächte nicht gekommen ist. Ich habe immer auf seine Zahnbürste geschaut. Und die Zahnbürste dann in einem Anfall von Verzweiflung neben das Telefon gelegt, aber es hat tagelang und nächtelang nicht geläutet, und Ferrys Freunde waren auch nicht daheim. Alle in Gasthäusern, und meine Kleider konnte ich nicht bügeln, so unglücklich war ich, und im Pyjama wollte ich den Ferry nicht suchen gehen. Auch nicht zerknittert irgendwo auftauchen, eine Tür aufreißen. Ich fühlte mich schon zerknittert genug einfach deshalb, weil ich zweiunddreißig war und Ferry neunundzwanzig. Das Denken an Ferry war dann meine Hauptbeschäftigung, aber als Ergebnis packte ich seine Socken, Hosen, Bleistifte und die zwei rosaroten Parfumfläschchen, die ihm seine Mutter zu Weihnachten geschenkt hatte, dann in einen Plastiksack, und als Ferry endlich kam, überreichte ich ihm sein Gepäck. Er biß mich ins Ohrläppchen, stell dir vor, und dann sah ich ihn jahrelang nicht wieder. Sehr viel später trafen wir uns. Es regnete. Winterregen. Schnee war auch da. Sogar Eis. Aber ich spürte nur, daß es regnete. „Elis", sagte er. Er nannte mich nicht Elisa, sondern immer nur „Elis". Das ist schweizerisch. „Elis, der Hut ist mir hinuntergefallen." Ich drückte Ferrys Kopf noch einmal fest an meinen, schielte zu dem jungen Mann, der neben ihm stand, der also mein Nachfolger war, dann hob ich Ferrys Hut auf und putzte ihn, überreichte ihn ihm wie Jahre vorher den Plastiksack, und seither sind Monate vergangen. Ferry hat mir nicht geschrieben, obwohl er es versprochen hat. Deine Stimme ist wie die von Ferry. So. Jetzt verstehst du ein bißchen mehr. Wenn du Ferry einmal triffst und wenn ihr euch ineinander verliebt, was ich sehr gut nachempfinden könnte, so sprecht meinen Namen aus in der Umarmung.

ELISABETH WÄGER HÄUSLE

Unsere Sophie, meine Liebe

Sie hatte immer ans Heiraten gedacht. Das war schon so, als sie ganz klein gewesen sei, sagte sie. Das Heiraten, das Braut-Sein, das sei immer so vor einem gestanden, das sei so das Ziel gewesen, ein Lebensziel, ein absehbares Ende irgendwelcher dahingelebter Jahre. Die einen, die hübscheren, heirateten früher, die anderen, die weniger hübschen, vielleicht ein wenig später.

Es sei ein Ziel, aber kein Lebensziel auf Jahrzehnte hinaus, das man sich gesteckt haben könnte, es sei ein Ziel, das zwischen 20 und spätestens 30 Jahren lag, gewesen. Ein Begriff, ein wörtlicher Begriff, der einmal Formen annehmen wird, konkret werden wird, wie ein Ende eines Weges faßbar und sichtbar. Als ob man das Wissen um sich hinauszögere bis zu einem Punkt, der vage und doch nicht mehr nebulos in der Ferne lag, in nicht zu vager Ferne und nicht zu nebulos. Es gab die Beispiele, die vorgelebten. Und nicht umsonst habe man sie ausgestattet mit Puppen und Puppenwagen. Mit Puppenküchen und Puppenschlafzimmern, man habe sie nicht umsonst mit einem Kaufmannsladen ausgestattet. Und noch verhältnismäßig spät habe sie einen Stubenwagen bekommen, mit Spitzenvorhang und Spitzenfutter, den sie dann allerdings nicht mehr oft benützte, denn, so habe man es ihr gesagt, daß sie allmählich zu alt zu diesem Spiel sei.

Es sei also die Zeit gekommen, die ohne Puppenspiel vorbeigehen habe müssen. Zwar habe sie noch Lust verspürt, diese fraulichen Spiele zu spielen, auch wohl aus dem Grund heraus, daß sie andere Spiele nicht kannte. Doch erinnere sie sich an einen Zeitpunkt, den sie heute wie einen Bruch betrachtete, einen Bruch in den Anforderungen an sie. Es war die Zeit, als sich aus ihren Brustwarzen kleine Brüste formten. Die unbestimmte Zeit, die man ihr damals mit den Worten andeutete, daß sie nun kein kleines Mädchen mehr sei. Diese neue Anforderung an sie habe sie wie alle Anforderungen an sie angenommen. So sei die Erziehung, sagte sie, eine reine Anforderung. Man wisse, daß man die Anforderungen, schon dem Wort nach, zu erfüllen habe, und in ihrer Zeit, sagte sie, habe sie das Wort Kritik nicht gekannt. Was Kritik hätte sein können, sei als Trotz, als Aufmüpfigkeit oder als Frechheit angesehen worden, und dieses so bezeichnete Verhalten habe ihr nur das Gefühl von Schuld und Undankbarkeit vermittelt.

Die Geschichte spielte sich im Dorf ab. Sophie, die Puppenspielerin, wurde auf einen neuen Platz gestellt, der Platz wurde umstellt mit Sorge, der Platz wurde umstellt mit Zukunft. Die Mutter hatte die Heirat nicht aus dem Auge gelassen. Die Übergangsphase vom Nicht-Frau-Sein zum Frau-Werden wurde zur Phase der angelernten Untüchtigkeit für Sophie.

Nach der Zeit relativer Selbständigkeit im Erlernen der zu erwartenden Mutterrolle folgte die Phase der Vorbereitung auf die Fraulichkeit, auf das Frau-Sein, das Erlernen der Unselbständigkeit.

In der Sorge um sie empfand Sophie Liebe für ihre Eltern, Liebe für ihre Mutter. In der Sorge fand sie Geborgenheit, Sehnsucht, an diesem Zustand festzuhalten. Ein Kleinod, an dem sie festhalten wollte. Das Kleinod Sorge-Liebe. Die Bücher, die sie zu dieser Zeit las, die Frauen, über die sie in diesen Büchern las, bestätigten ihre Sehnsucht, bestätigten ihre Träume. Die Träume Sorge-Liebe, die sie abends ausweitete auf ihre Welt, auf eine Welt, die nur sie besaß, die sie nicht ausweiten konnte über die Fenster hinaus, in das Leben hinein. Das wußte sie. Sophie besuchte eine Schule außerhalb des Dorfes. In der zweiten Phase der Anpassung wurde sie durch diesen Umstand von ihrer Umgebung isoliert. Nachmittags lebte sie im Dorf. Vormittags lebte sie in der Stadt. Eines Tages sagte Sophie, daß sie sich nicht zurechtfinden konnte.

Als Sophie Paul begegnete, war sie sechzehn. Paul war zwei Jahre älter als sie. Es war nicht so, daß Sophie zu dieser Zeit zum ersten Mal Sympathie für einen Jungen empfunden hätte. Das Wichtig-Sein über Tage oder Wochen für jemanden aus der Klasse kannten sie und die anderen Mädchen. Aber bei Paul verlor diese Zuneigung das Spielerische, das sie aus ihrer Klasse kannte, sie entdeckte in seinen Augen etwas, das sie vorher nie gesehen hatte, etwas, das sie festhielt wie später das Meer, das sie überaus liebte.

Sophie schubste man allmorgendlich in einen überfüllten Zug mit dem Geruch nach heißem Öl, schubste man in das Zusammengepferchtsein mit Menschen, mit denen sie nie eine Gemeinsamkeit fühlte, mit denen man sie nie eine Gemeinsamkeit lehrte. Aus ihrem Milieu von spürbar zerbrochener Vergangenheit stieß man sie hinein in ein Gebäude der Arroganz, das ihre Schule war, in ein Gebäude des Zwiespalts für sie und alle, die sich darin aufhielten. Das Gebäude, das da war, das wußte sie, um Distanz zu schaffen. Das anfangs wie eine riesengroße Kapelle aussah mit lateinischer Inschrift.

Sie habe sich im Ausland aufgehalten, hieß es von Sophie. Ihre Jugendfreundschaft mit einem Maturanten soll, so sagte man, für ihre weiteren

Jahre Konsequenzen gehabt haben. Ihre Erziehung, die eine Erziehung war, um erstens eine Distanz zwischen ihr und ihrer Umwelt zu schaffen, andererseits aber die Forderung mit beinhaltete, diese Distanz über Wissen, Gedanken, Angelesenes zu verringern, soll äußerlich, so sagten ein paar Leute, beibehalten worden sein. Auffallend sei nur gewesen, daß Sophie, als sie von der Mittelschule weg in eine Haushaltsschule wechselte, darüber froh gewesen sein soll, ja diesen Wechsel damit begründet habe, daß eine Haushaltsschule etwas sehr Wichtiges für eine Frau sei.

In ihrer Zeit zwischen Mädchen-Zeit und Frauen-Zeit habe sie Paul kennengelernt. Er habe die Absicht gehabt, im darauffolgenden Herbst mit dem Medizinstudium zu beginnen. Paul sei Mutter willkommen gewesen. Er war älter als Sophie, machte in seinem Alter schon einen reifen Eindruck, und Sophies Mutter hätte ihn allen Schulkollegen ihrer Tochter vorgezogen, hätte Sophie sie um ihren Rat gefragt. Sophie sei immer schüchtern wirkend am Bahnhof gestanden. Paul sei nicht schüchtern gewesen, sagte sie. Es habe sie gewundert, daß er ausgerechnet sie angesprochen habe. Sie wiederholte noch einmal: Ausgerechnet mich. Denn ihrer Meinung nach seien hübschere Mädchen, als sie es gewesen sei, morgens am Bahnhof gestanden und hätten auf ihren Zug gewartet, und sie habe, so sehe sie sich genau noch, höchstens trotzig ausgesehen. Ihre Tante habe gesagt, sie sei ein Typus, damit habe sie, sagte Sophie, gemeint, daß sie nicht hübsch sei, aber daß man aus ihr etwas formen oder machen könne. So habe sie das jedenfalls begriffen. Paul habe jeden Morgen auf sie gewartet. Sie seien dann meist wortlos bis zur Ankunft des Zuges nebeneinander gestanden. Sie habe Paul, so erzählte sie Anna, mit der Zeit mit ihren Eltern zusammengedacht, sie habe, so erzählte sie, auch an Paul gedacht, wenn sie an zuhause dachte. Sie habe, so erzählte sie Anna, Paul mit sich zusammengedacht, irgendwann, wobei sie das Wort Zukunft weder gedacht noch ausgesprochen habe. Es sei eine unaussprechliche Zuneigung gewesen. Alles, was für sie sichtbar gewesen sei, sei unaussprechlich gewesen. Erst als sie von Paul nichts mehr gewußt habe, habe sie mit ihm sprechen können.

Als mir Paul im Schwimmbad zwischen die Schenkel griff, bin ich verzweifelt weggerannt, erzählte sie. Ich bin nach Hause gerannt und habe mich in meinem Zimmer eingesperrt und geweint. Meine Mutter bat mich stundenlang, die Türe zu öffnen. Abends kam Paul und wollte mit mir sprechen. „Was ist mit dir los?“ redeten meine Mutter und Paul auf mich ein. „Nichts ist los“, antwortete ich, warf aber Paul, so nahm ich jedenfalls an, einen Blick voller Verachtung zu. Er hatte nichts begriffen. Meine Mutter wußte von nichts. Natürlich nichts, sagtest du. Sie hatte sich das alles in ihrem Kopf geordnet. Den geraden Weg für ihre Tochter. Eine Bekanntschaft jetzt, wie sie sich ausdrückte, die auf die Zukunft gesehen was wert war, ein anständiger Kerl für ihre Tochter. Sie werde, so hatte sie sich's in den Kopf gesetzt, mit ihrer Tochter gut aufwarten können. Für die späteren Jahre. Sophie war noch nicht siebzehn. Später habe er ihr einmal gesagt, es sei ein Verbrechen gewesen, was man mit ihr gemacht habe. Er habe es darauf bezogen, daß man sie nicht aufgeklärt habe. Ihre panische Angst, ein Kind zu bekommen, sei eine anerzogene Angst gewesen. Als sie das Puppenspielen abbrechen mußte, so könne man es wohl nennen, habe man ihr löffelweise Angst vor dem Kinderkriegen gemacht. Mit dieser Angst habe man sie wohl vor zu frühen sexuellen Kontakten bewahren wollen, was ja auch gelungen sei. Zudem habe sie aber vor jeder körperlichen Berührung mit Paul Angst bekommen, ja, panische Angst bekommen, und das Bild einer Schuld und dieses Bild immer in Zusammenhang mit einem Kind habe sie nicht mehr ertragen, so daß sie jeder Begegnung mit Paul aus dem Wege gehen wollte, unausgesprochen natürlich, ergänzte sie. Sie habe die Geborgenheit, die Paul für sie ausgestrahlt habe, vermißt und stundenlang in ihrem Zimmer um ihn geweint. Ihrer Mutter gegenüber sei sie, Paul betreffend, verleumderisch geworden. Ihre Erziehung hätte damals, und wohlgemerkt damals, betonte sie, über die Erziehung auf Verdrängung aller Probleme hin, aus ihr einen intoleranten, bösen Menschen formen können, dem allem sei sie fast, sie sagte fast, durch eine Flucht entronnen.

15 Jahre später habe sie Paul bei der Beerdigung seines Vaters gesehen. Sie sei nicht unweit des offenen Grabes gestanden, fast bei den Verwandten und fast wie eine Angehörige in Schwarz gekleidet. Er habe sie gleich bemerkt, und sie, sagte sie, habe sich in seinen Augen wieder verloren. Nach der letzten Ansprache am Grab verließ sie den Friedhof. Zuhause angekommen, zog sie sich sofort auf ihr Zimmer zurück.

Weißt du, sagte sie, da steht er am offenen Grab seines Vaters, mit seiner Frau und seinen zwei Söhnen. Eine Zeitlang habe sie gedacht — sie sagte das hochmütig und ernst —, daß nur sie ein Anrecht auf ihn habe. Nach einer Weile wiederholte sie: Ein Anrecht, hörst du. Sie schenkte sich Tee ein und trank hastig davon. Sie lehnte sich im Fauteuil zurück, entspannt. Stell dir vor, sagte sie, Paul hat mich angerufen. Das hast du mir schon gesagt, erwiderte ich. Ja, natürlich. Hör genau zu, sagte sie. Paul habe ihr am Telefon gesagt, daß er sie noch wie früher liebe. Er habe zehn, zwanzig Sätze nacheinander gesagt, ohne daß sie ihn unterbrochen habe. Er habe sie gebeten, mit ihm alles nachzuholen, was sie versäumt hätten. Er habe ihr versprochen, alles für sie zu tun, all ihre Wünsche zu erfüllen. Er habe immer Sehnsucht nach ihr gehabt und oft den Wunsch gehabt, mir ihr zu schlafen. Er wolle eine kleine Wohnung mieten. Er schlage vor, daß sie sich dort wöchentlich treffen. Er möchte alles Erdenkliche für sie tun. Er brauche sie. Er wünsche, mit ihr bald darüber zu sprechen. Er möchte sie beschützen. Als Sophie auflachte, fragte er, weshalb sie verächtlich lache. Paul hielt, wahrscheinlich verunsichert, in seinen Sätzen inne und meinte dann, sie Sophie, werde das doch nicht mißverstehen. Sie könne darüber denken, was sie wolle, aber wie auch immer, jedes Wort sei von ihm aus ehrlich gemeint, und wenn sie darüber böse sei, möge sie doch bitte wenigstens alles als ein liebes Kompliment auffassen. Er warte auf ein Zeichen von ihr, habe er gesagt, und dann habe er aufgelegt, erzählte Sophie.

Heinz ist zehn Jahre älter als ich, und das gefiel mir sehr, als wir heirateten. Meine Eltern waren beide tot, und ich hoffte, mich jetzt an ihn anlehnen zu können, mich weiter für ihn zurückziehen zu können, ja, bekräftigte sie ihre Worte, das war es, das Zurückziehen.

Gerade weil Heinz älter gewesen sei, habe sie sich an ihre Bedingungen aus ihren Mädchenjahren erinnert. Die Sorge-Liebe, sagte sie, das ist für mich ein Begriff. Ich werde ihn umsorgen, dachte ich, und er wird mich umsorgen. Wir werden Pole sein, deren Gegensätzlichkeit Anziehung bedingt. Ich kenne seine Bedingungen, die er an eine Frau stellt, und ich werde sie erfüllen. Ich hatte alles gelernt, das Praktische in der Haushaltsschule, wie man ein Herrenhemd anständig bügelt, wie man einen Tisch deckt und Socken stopft. Ich hatte Wissen angesammelt, einige Vorlieben und Interessen, um die freie Zeit und Gespräche anstandslos zu bestehen. Ich hatte sexuelle Erfahrungen gesammelt, gerade so viel, um mich ab und zu frei zu fühlen. Und nicht zuletzt, ich hatte eine akzeptable Figur und einen akzeptablen Geschmack.

Die Scheu vor körperlicher Berührung mit Männern, die man ihr in ihren Jungmädchenjahren (zu ihrem Schutz gemeint) anerzogen habe, habe sich zeitweilig in ihr Gegenteil verwandelt, so daß sie heute noch oft das Verlangen verspüre, Männer, die ihr gefielen, anzufassen, ihre Haut zu tasten, um Nähe und Wärme zu fühlen. Versäumte Wärme, wenn ich so wolle, die sie nachhole.

Einmal habe Sophie daran gedacht, eine Sozialarbeit anzunehmen, dann habe sie wieder davon gesprochen, für eine Zeitung zu arbeiten. Sie habe jeden Tag neue Ideen gehabt und keine ausgeführt.

Und diese Idee mit Paul, die Vergangenheit ist, die hat sie jetzt zur Zukunft gemacht. „Einen Fehler habe ich gemacht, einen einzigen großen Fehler, Anna", hat sie immer wieder gesagt.

REINHARD WEGERTH

Der Mantel Vergißmeinnicht

Die beiden Frauen sind bereits einen vollen Monat weg von der Erde. Emma kann diese epochale Reise, deren journalistische Auswertung sie übernommen hat, auch als persönlichen Erfolg betrachten. Sie schaut durch die geräumige Luke aus getöntem Sicherheitsglas hinüber auf den vertrauten blauen Planeten.

„Dort", überlegt sie, „gibt es noch viel zu tun. Aber auch hier, im All, müssen wir Zeichen setzen!"

Die Herausgeberin einer führenden Frauenzeitschrift denkt zufrieden zurück: „Gegen die Diskriminierung der Frau im Weltall!" hatte die Losung jener Kampagne gelautet, die diesen Raumflug letztlich durchgesetzt hatte. War es nicht wirklich empörend gewesen, wie die Frauen in bald zwei Jahrzehnten *bemannter* Raumfahrt — übrigens ein bezeichnender Ausdruck — benachteiligt worden waren? Abgesehen von ein oder zwei Kosmonautinnen, die wenige Erdumkreisungen drehen durften, hatten sich wieder einmal die Männer das Prestige der Pioniertaten vorbehalten. Schlimmer noch: Sogar Schimpansen und Hunde konnten, ihre Zeitschrift hatte das recherchiert, auf längere Raumaufenthalte verweisen als der weibliche Teil der Menschheit!

Emmas Miene, die bei diesen Erinnerungen recht unwillig geworden ist, entspannt sich nun wieder. „Unsere Reise", sagt sie halblaut und wendet sich von der Luke ab, „wird auch den konservativsten Männern beweisen, daß die Geschlechter an Mut und Ausdauer gleichwertig sind."

Sie blickt hinüber zur Schiebetür, die den Schlafraum von Dr. Flora verbirgt, ihrer Mitreisenden in

Sachen Wissenschaft. Der Borddienst macht einen Schichtbetrieb nötig, sodaß sich die beiden Frauen täglich einige Stunden nicht zu Gesicht bekommen. Wenn Emma ganz leise ist, kann sie dennoch gelegentlich etwas von Flora hören: Zuerst wohlige Seufzer, dann ein Keuchen und Stöhnen, das bis in die Steuerkabine dringt.

„Offensichtlich erotische Träume", denkt Emma und schaut wieder hinaus in das All.

„Bis jetzt bin ich vollauf zufrieden", meint Direktor Seimann zu seinem Wochenendgast. „Trinken wir auf die Gleichberechtigung der Frau!"

Die Yacht „Kapital I" gleitet zügig durch die Wellen der Nordsee. Dorthin eingeladen zu werden, gilt als persönliche Auszeichnung, die der sportive Konzernchef nur allerwichtigsten Mitarbeitern gewährt. Ein solcher ist Dr. Korn zweifellos — und nicht nur als Ehemann der weltweit bekannten Frau Dr. Flora.

„Zu Beginn war ich ja eher skeptisch", fährt Seimann jetzt fort, „denn für mich hieß das Ganze zunächst, auf eine Spitzenkraft ein volles Jahr lang verzichten zu müssen. Meiner Werbeabteilung ist es freilich gelungen, mir die Vorteile nachzuweisen: Eine Mitarbeiterin, die täglich von den Medien als Heldin gepriesen wird, bringt auch für den Konzern einiges."

„Auch mir, Herr Direktor", antwortet Korn, „war es ursprünglich gar nicht recht, daß Flora an diesem Raumflug teilnimmt. Die Gewißheit, ein volles Jahr von ihr getrennt sein zu müssen, hat mich doch sehr belastet. Ihr ist es übrigens genauso gegangen: Wir sind nämlich, trotz unseres Trauscheins, noch immer ein Liebespaar — wenn ich es so ausdrücken darf."

„Ja sehen Sie", meint Direktor Seimann und blickt aufmerksam aus seinem Deckliegestuhl, „diese sozusagen private Seite war mir eigentlich kaum bewußt. Ich habe die Teilnahme von Frau Dr. Flora stets aus dem Blickwinkel des Konzerns betrachtet und letztlich auch deshalb begrüßt. Aber für Sie als Paar ist das Ganze womöglich ein Opfer?"

Korn fährt in Gedanken über die Decke aus Kaschmir, die ihn vor dem steifen Abendwind schützt.

„Nach wie vor stört mich", antwortet er, „daß dieser Rekordflug kaum wissenschaftlichen Wert hat, sondern einer zweifelhaften Emanzipation dient. Bedenken Sie doch: Ein volles Jahr Einsamkeit in der Erdumlaufbahn, nur um die männlichen Rekorde für Raumaufenthalt zu brechen! Auch Fräulein Emma, die das alles erfunden hat, wird unter diesen unnatürlichen Verhältnissen leiden — vielleicht sogar stärker als Flora, wer weiß? Aber, um Ihre Frage zu beantworten, für *uns* konnten wir vermeiden, daß die Sache ein Opfer wurde."

Korn lächelt geheimnisvoll und nippt an seinem Glas Whisky.

Nach einem Blick zum Himmel, an dem schon der Abendstern funkelt, redet er weiter.

„Ich habe oft das Gefühl, daß Flora gar nicht dort oben herumfliegt. Auch wenn die Wirklichkeit anders ist: Wir können einander nahe bleiben. Geradezu *körperlich* nahe."

„Damit du meinen Beruf beurteilen kannst", sagt Flora, „muß ich dir von der menschlichen Haut erzählen."

Emma nickt und lehnt sich behaglich zurück. Jetzt, da die beiden Frauen schon fast ein Drittel ihres Raumaufenthalts bewältigt haben, ist der tägliche Borddienst bereits Routine und läßt manche Zeit für Gespräche.

„Die Haut ist unser größtes und vielseitigstes Sinnesorgan. Ihre Fläche ergibt sich daraus, daß sie den ganzen Körper und seine Öffnungen nach innen bekleidet — insgesamt Tausende Quadratzentimeter. Und sie besitzt, zum Unterschied von anderen Organen, gleich drei eigene Wahrnehmungswege — den Tastsinn, den Sinn für Temperatur und den — einseitig so genannten — Schmerzsinn. Außerdem ist die Haut lebensnotwendig, weil sie eine selbständige Atmung durchführt. Anders gesagt: Ohne Haut wüßtest du nichts über Glätte und Rauhheit, Wärme und Kälte, Lust oder Schmerz; und müßtest bei vollen Lungen ersticken."

„Ich *liebe* meine Haut", sagt Emma und hält ihre Hände im Schoß. „Ich spüre genau, wie sie lebt, genieße ihre Durchblutung und fasse sie gerne an." Emma räkelt sich auf ihrem Sitzplatz, und ihr Gesicht ist dabei sehr irdisch — wie der ganze Planet, der das Sichtfenster hinter ihr ausfüllt.

„Du mußt aber wissen", fährt Flora rasch fort, „daß unsere Haut nicht allen Tätigkeiten gewachsen ist. Verbrennungen waren früher nicht selten, wenn kein Temperaturschutz vorhanden war. Umso weniger sind sie es heute, wo in der Arbeitswelt nicht nur *Wärme*strahlen vorkommen. Natürlich war auch unser Konzern davon betroffen, und Direktor Seimann beauftragte schließlich meinen Mann und mich, eine Lösung zu finden.

Der erste Teil dieser Aufgabe war relativ einfach: Es ging lediglich darum, ein Material zu entwickeln, das unerwünschte Strahlungen reflektiert; freilich sollte unser Produkt medizinisch verwendbar sein, also Menschen mit Hautverletzungen verpflanzt werden können.

Der zweite Teil unserer Aufgabe, nämlich die Verwendbarkeit dieses Produkts als *Sinnesorgan,* war der ungleich schwierigere. Denn die menschliche Haut dient ja nicht nur dazu, Sinneseindrücke entgegenzunehmen, sondern sie hilft ihrem Besitzer auch, anderen Menschen welche zu geben — durch körperliche Berührungen bis hin zur Sexualität.

Mein Mann und ich waren damals ganz jung verheiratet, und nichts lag uns ferner, als das Liebesleben und seine Wunder durch unsere Erfindung zu beeinträchtigen!

Aufgrund dieser Erfahrung haben wir schließlich *drei* Typen künstlicher Haut entwickelt, die bisher in allen Fällen zufriedenstellend verpflanzt werden konnten. Unser Konzern stellt sie bedürftigen Mitarbeitern unter den Markenbezeichnungen ‚Leder', ‚Pergament' und ‚Pfirsich' im Rahmen seiner Sozialleistungen kostenlos zur Verfügung.

Wie schon die Bezeichnungen sagen, handelt es sich um Ersatzhauttypen mit verschieden starker Sinneskapazität; der Unterschied liegt in der Zahl der mikroskopisch angefertigten Sinneszellen und künstlichen Nervenbahnen, die den Anschluß ans gesunde Gewebe herstellen."

Flora macht eine Pause. „Die Geschichte geht zwar noch weiter", sagt sie dann mit einem Blick auf den Dienstplan, „aber ich glaube, daß mein heutiger Vortrag schon lange genug war. Außerdem möchte ich jetzt, vor Antritt der nächsten Schicht, noch einige Stunden schlafen."

Zehn Minuten später hört Emma, inzwischen allein in der Steuerkabine, durch die Schiebetür vertraute Geräusche. Sie hat heute besonders gespannt auf dieses Seufzen und Stöhnen gewartet.

„Daß Flora tagtäglich erotische Träume hat", denkt sie, „ist eigentlich unwahrscheinlich."

Emma wird plötzlich ganz heiß, und sie hat größte Lust, zu ihrer Freundin ins Zimmer zu schlüpfen. Mit dem unklaren Wunsch, an dem teilzuhaben, was drinnen abläuft, geht sie zur Schiebetür. Sie faßt sich ein Herz und schlüpft in das Abteil ihrer Freundin.

„Als ob ein *Mann* bei ihr wäre", denkt Emma, die zunächst gar nichts sieht und nur ein gewisses Keuchen hört. Dann dringt ein Lichtstrahl durch die Luke herein, die Raumkapsel wechselt soeben von der nächtlichen auf die helle Seite der Erde, und Flora liegt in der Sonne, die Beine geöffnet, die Arme seitlich am Körper, nackt unter einer durchsichtigen Folie, die sich in Wellen an ihr bewegt wie im Wind.

„Eigentlich hast du schon alles gesehen", sagt Flora eine halbe Stunde danach. „Aber ich will dir die Geschichte zu Ende erzählen."

Die beiden Frauen sitzen, wie schon so oft, einander im Steuerraum gegenüber. Obwohl Flora wieder vollständig bekleidet ist, geht Emma der Anblick von vorhin, so schön und so rätselhaft, nicht aus dem Sinn.

„Ich hab dir von unserer Ersatzhaut erzählt", beginnt Flora, „und von dem an sie gestellten Anspruch, als Sinnesorgan zu wirken. Du weißt, daß mein Mann und ich dieses Problem noch vor meinem Abflug lösen konnten, und daß sich die neuen Modelle in Temperatur, Oberfläche und Feuchtigkeit kaum mehr von natürlicher Haut unterscheiden.

Die dafür nötigen Daten konnten wir aus genauen Untersuchungen des menschlichen Hautverhaltens gewinnen. Wir haben zunächst meinen Mann als Vorlage genommen und dabei sehr rasch gemerkt, daß Hautverhalten nichts Statisches ist: Dieselbe Körperpartie kann sich — je nach Aktivität — ganz verschieden benehmen! Besonders auffällige Veränderungen ereignen sich etwa — und zwar innerhalb kürzester Zeit — bei Betätigungen sexueller Art.

Ob uns an diesem Punkt nur die wissenschaftliche Herausforderung gereizt hat, oder ob uns schon eine private Anwendungsmöglichkeit vorgeschwebt ist, vermag ich heute nicht mehr zu sagen. Nach dem Vorbild von *Dr. Masters* und *Mrs. Johnson,* die schon in den sechziger Jahren in St. Louis/USA an über sechshundert Männern und Frauen entsprechende Messungen durchgeführt hatten, nahmen wir jedenfalls, mit uns selbst als Versuchspersonen, die Daten eines Koitus auf. Es war eine Unzahl einzelner Verhaltensimpulse, die wir getrennt auf Magnetbändern speicherten — eine Kassette für *mein* Hautverhalten, und eine für das meines Mannes. Was wir den erwähnten Sexologen voraus hatten, war aber folgendes: Erstmals schienen die gesammelten Daten — und zwar mit Hilfe der künstlichen Haut — *reproduzierbar!*

Fasziniert von der Vorstellung, unsere einjährige Trennung dadurch erträglicher zu gestalten, haben wir bis zuletzt an dieser Erfindung gearbeitet: am *Mantel Vergißmeinnicht.*

Du hast ihn ohnehin schon gesehen: Ein körpergroßes Stück Folie, durchzogen von winzigen Leitungen, die das Impulsprogramm der Kassette an den entsprechenden Stellen wieder ablaufen lassen. Ein intimes Erinnerungsstück, das meinen Mann enthält, wie er mich liebt — und ich ihn! Seinen Mund, seine Hände, seine Bewegungen."

Das Jahr ist um, die Raumkapsel der beiden Frauen landet sanft im Pazifischen Ozean. Zur Bergung hat sich ein einziges Schiff eingefunden: Die Yacht „Kapital I“, von Direktor Seimann persönlich gesteuert. Die beiden erfolgreichen Astronautinnen sind kaum glücklich an Bord gehievt, als sie schon zu einer Besprechung in die Kapitänskajüte gebeten werden. Neben Direktor Seimann und dessen Sekretärin ist zu Floras Freude auch Korn anwesend.

„Diese erste Begrüßung, meine sehr verehrten Damen“, beginnt nun Direktor Seimann, „findet deshalb in ganz kleinem Kreis statt, weil Sie gewisser Vorausinformationen bedürfen, um sich bei uns wieder einzuleben. In Ihrer Abwesenheit hat die Erde nämlich etwas erlebt, das man mit Fug und Recht eine *Revolution* nennen kann: Das Mann-Frau-Verhältnis hat eine Umwälzung erfahren, die durchaus im Sinne Ihrer Emanzipationsbestrebungen liegen könnte.“

„Also war unsere Reise erfolgreich?“ fragt Emma. „Haben die Männer endlich begriffen, daß die Geschlechter gleichwertig sind? Daß die Frauen es satt haben, bloße Sexualobjekte zu sein?“

„Letzteres hat tatsächlich keine Frau auf der Welt mehr nötig“, sagt Seimann. „Und mit Ihrer Reise hat es zugegebenermaßen zu tun. Kausal war freilich eine *Erfindung,* die Frau Dr. Flora zusammen mit Dr. Korn noch vor dem Abflug fertiggestellt hat.“

„Der Mantel Vergißmeinnicht!“ ruft Flora und errötet ein wenig. „Hast du unser Geheimnis verraten?“ will sie dann, Böses ahnend, von ihrem Ehemann wissen.

Korn nickt und versucht, das Bedauern, das ihn plötzlich überkommt, nicht zu zeigen. „Ja“, sagt er schließlich, „in einer schwachen Minute.“

„Sie können auf diese Erfindung stolz sein", fährt Seimann fort, „denn mittlerweile erfreut sich die ganze Menschheit daran! — Mir war schon beim ersten Gespräch mit Herrn Dr. Korn klar, daß dieses Gerät nur einen *logischen Fortschritt* in der Geschichte der Unterhaltungsmedien darstellt: Wie der Mensch schon vor mehr als einem Jahrhundert durch die Schallplatte akustische Genüsse festhalten lernte und bald darauf durch den Film auch das Sehvergnügen konservieren konnte, so hat er es jetzt geschafft, auch seiner *Haut* beliebig oft Unterhaltung zu bieten! Was unsere kleinen Kassetten, die in Aussehen und Spieldauer mit den üblichen Tonbandkassetten vergleichbar sind, alles können, wird Ihnen meine Sekretärin erläutern."

„Ob alleinstehend oder verheiratet", beginnt eifrig die Sekretärin, „ob Mann oder Frau — kaum ein Erwachsener wird unser Produkt in seinem Schlafzimmer missen wollen. Abspielbar über jeden Folienmantel, sorgt es für alle Bedürfnisse, die auf diesem Gebiet vorstellbar sind."

Sie stellt ein Köfferchen auf den Tisch, und beim Betrachten der Kassetten, die sie daraus hervorholt, beginnen Flora und Emma zu ahnen, welche Art von „Revolution" die Erde in ihrer Abwesenheit erlebt hat.

„Es sind Stars neuer Art", spricht die Sekretärin jetzt weiter, „mit denen wir diese Kassetten aufnehmen: körperlich makellose Männer und Frauen, Liebhaber höchsten Grades, voll Erfahrung und Phantasie. Besonders beliebt ist unser enzyklopädisches Kassettenwerk ‚Alle Stellungen', das bereits über hundert Titel umfaßt und ständig neu aufgelegt werden muß. Auch für exklusivere Geschmacksrichtungen ist gesorgt: Wir bieten Programme, die brutal oder hingebungsvoll ablaufen,

Programme mit Zunge und Mund, auch solche mit gleichgeschlechtlicher Liebe. Gerne benutzt wird auch die Möglichkeit der *sofortigen Wiederholung* — die Kassette wird einfach zurückgespult und läuft mit allen Genüssen noch einmal ab. Feinschmecker ergötzen sich auch an der Möglichkeit, die die *Schnellauftaste* zu bieten hat . . . Und selbstverständlich ist jedes unserer Geräte mit einer Orgasmusgarantie ausgestattet."

„Wie Sie sehen", meldet sich nun Seimann zu Wort, „verhindern es unsere Kassetten, daß Menschen weiter als Sexualobjekte mißbraucht werden können! Wer im Besitz unserer Produkte ist, wird damit sein volles Auslangen finden; sie machen jedes Wunder verfügbar, das die körperliche Liebe zu bieten hat, und ersparen dem Konsumenten gleichzeitig alle Schattenseiten, wie Eifersucht, Streit und Haß, zu denen die Liebe oft führen kann. Seit sie auf diese Weise wirklich *jedem* zugänglich ist, sei er noch so unattraktiv oder schüchtern — ich bezeichne das gerne als *Demokratisierung der Sexualität* —, erleben wir einen spürbaren Rückgang an Neurosen und Vergewaltigungen, für den uns die Behörden sehr dankbar sind. Wie unglaublich gut unser Produkt ist, zeigt sich am deutlichsten daran, daß immer weniger Menschen die Liebe auf die alte, körperliche Art praktizieren."

„Was habt Ihr nur aus unserer zärtlichen Erfindung gemacht?" will Flora wissen. „Aus unserem Mantel Vergißmeinnicht?"

Sie sitzt mit Korn in dessen Kabine, bemüht, das Gehörte halbwegs zu verdauen.

„Die Leute schlafen nicht mehr miteinander?!" fragt sie ihren Mann.

Korn nickt: „Und man geht — außer in einigen

katholischen Ländern der Dritten Welt – keine Ehen mehr ein. Und es werden keine Kinder gezeugt, weil der Mantel unfruchtbar ist."

„Bist du mit dieser Entwicklung auch einverstanden?" fragt Flora. „Ihr habt eine Erfindung zum Besten der Liebe zu einer *gegen* die Liebe gemacht!"

Korn blickt sie nachdenklich an. „Der Gang der Dinge war unvermeidlich", versichert er dann. „Nicht nur, daß Seimann ein großes Geschäft macht – die Menschheit ist nach diesen Kassetten *süchtig,* es wäre unmöglich, sie zu verbieten! Auch die Mächtigen dieser Welt sprechen sich eindeutig *dafür* aus, weil ihnen diese Erfindung ausgeglichene Bürger und zufriedene Arbeitnehmer beschert. *Dagegen* ist eigentlich nur die Kirche: Der Papst hat in seiner ‚Enzyklika Cassetti' den Gläubigen die Verwendung verboten, weil er sie für eine Art Ehebruch hält."

„Na gut", seufzt Flora. „Aber was machen *wir* jetzt?"

Korn lächelt verheißungsvoll und will seinen Arm um sie legen. „Oder nimmst du lieber von hier etwas?" zögert er plötzlich.

Flora wirft einen Blick auf den Koffer, den Korn unterm Bett hervorzieht und aufklappt. „Später vielleicht", sagt sie. „Jetzt will ich es noch einmal so wie früher."

ANDREA WOLFMAYR

Kühne Zeiten oder Weihnachten in Venedig

Kühn ist ein hübscher, blasser, ziemlich groß gewachsener Knabe mit dunklen Locken, die er zur Zeit allerdings radikal kurzgeschnitten trägt. Er wirkt asketisch, kein Wunder, er ißt kaum. Allerdings nicht absichtlich, eher aus Vergeßlichkeit, Gedankenverlorenheit.

Seine Sakkos sind second-hand, der Hosenbund rutscht andauernd von den mageren Hüften, die weiten Hosenbeine schlenkern um die Schenkel, vornehmlich trägt er in Auflösung begriffene Turn- oder Tennisschuhe, seine Musik ist Schönberg oder Webern, sein Jahrgang 1953, er studiert an der Akademie der bildenden Künste. Um die Augenwinkel machen sich erste Fältchen bemerkbar und scharf schneiden zwei senkrechte Furchen rechts und links des ziemlich großen und breitlippigen Mundes in die Wangen. Die dunklen Ringe unter den Augen hatte er schon als Kind, die Augenlider sind meist gerötet, die Arme verschlungen, die Beine gekreuzt, die Stimme sehr leise.

Lila hat mit ihrem Gewicht zu kämpfen. Vorteilhaft für sich findet sie die weitbeutelige, erdfarbene Mode mit ihren Jutesackstrukturen und legeren Weiten. Sie strickt leidenschaftlich und mit Hingabe Buntes, Vielgemustertes aus selbstgefärbten Wollresten, kocht makrobiotisch für Gäste und arbeitet als Sekretärin des Büros der Alternativen Liste. Ihr Teeservice ist selbstgetöpfert, ihre Teppiche sind selbstgewebt, die Pflanzen selbstgezogen. Ihr Haar ist hennarot, ausgewachsen und zerzaust, Schminke hat sie sich längst in Übereinkunft mit den Frauen der allwöchentlich sich treffenden Selbsterfahrungs- und Bioenergetikgruppe verboten. Sie bewohnt eine winzige Mansarde im siebenten Bezirk.

Traude, die Rassige, von der Zukunft nichts erwartend als das Chaos oder den totalen Untergang, hat eine dunkel getönte Stimme und verschieden hell gefärbtes Haar. Ihr extrem magerer Körper ist nicht ohne Entbehrungen zu seiner Magerkeit gelangt und wird durch oftmals sich wiederholende Hungerkuren bei der Stange gehalten. Ihr mottenzerfressener Pelzmantel stammt vom Flohmarkt, genau wie ihre meist schwarzen oder violetten Kleider aus Taft oder Kunstseide. Ihr Blick zielt von unten herauf, kämpferisch-böse oder zynisch-gelangweilt, ihre Lippen sind glänzend lackiert, ihre Rede sprunghaft und zerhackt. Der Kaugummi wandert unentwegt von einer Seite zur anderen, abgelöst nur von Zeit zu Zeit durch filterlose, billige Zigaretten. Traude liebt ihren Hund, einen Bastard zwischen Dackel und Schäfer, der sie überallhin begleitet.

Alle drei suchen tagtäglich dasselbe Lokal in der Innenstadt auf, das Lokal ist außerordentlich verkommen und außerordentlich besucht und heißt MAMBO.

Die Konstellation:

Lila liebt Kühn, und zwar fürchterlich. Sie beginnt ihm lästig zu werden durch ihre Blicke. Er wird noch kühler, das macht sie umso heißer, sie begeht Fehler über Fehler, pirscht sich immer aufs neue an ihn heran, bombardiert ihn mit Briefen, versucht gar eine gezielte Veränderung ihres Äußeren. Daß ausgerechnet einer Feministin solch ein Mann aufstoßen muß! Sie verstellt sich, er durchschaut sie, verächtlich wendet er sich ab, sie ist ihm gleichgültig, sie ist ihm im Weg, aber er kann das Lokal nicht wechseln, Traude ist hier. Und außerdem bewegt sich an der Decke ein uralter, schäbiger Ventilator, genau wie in den Humphrey-Bogart-Filmen. Na also.

Lila ist traurig und weint oft, die Frauen der Selbsterfahrungsgruppe schimpfen.

Kühn liebt Traude, wagt es aber nicht zu zeigen, weil er sich nichts vergeben will und weil er den Verdacht hegt, daß sie sich nichts aus ihm macht. Das stimmt allerdings. Zwar ist ihr Kühn nicht unangenehm, so vom bloßen Anblick, deshalb setzt sie sich auch manchmal zu ihm, was ihn zu immer neuen Rekorden an Blaßheit, Ringen unter den Augen, hängenden Mundwinkeln usw. aufputscht.

Manchmal lacht Traude laut auf, wenn sie so dasitzt, von Kühn verlegen gestreift, von Lila eifersüchtig verschlungen mit Blicken.

Traude liebt niemanden. Außer dem Hund, versteht sich.

Die Entwicklung:

Lila kauft sich Netzstrümpfe und hochhackige Schuhe und bricht mit der Selbsterfahrungsgruppe. Der enge Lederrock wirkt an ihr etwas vulgär. Sie beginnt sich zu schminken, es wird noch nicht so toll. Sie läßt sich das Haar schneiden, Kühn scheint es nicht zu bemerken. Sie trägt ein Käppi aus imitiertem Tigerfell und haut ihre Handtasche geräuschvoll auf den Tisch, wenn sie ankommt. So schwer es ihr auch fällt, sie verzichtet auf Süßigkeiten und nimmt Assugrin in den Tee.

Kühn wird langsam regelrecht heimtückisch, er

hält es nicht mehr aus, auch Phlegmatiker haben ihre Grenzen. Manchmal funkeln seine Augen und auf seinen eingefallenen Wangen zeigen sich hektische Flecken, er macht bissige Bemerkungen.

Traude pafft unwillig ganze Kaskaden von Rauch vor sich hin, sie will das nicht sehen, Kühns verzweifelte Verehrung für sie, Lilas Anbetung von Kühn. Einmal packt er sie doch glatt unvermittelt am Arm, noch immer hat sie den blauen Fleck. Daß sie auch nicht zu weit gehen darf in ihren Provokationen, schwant ihr dunkel. Seit neuestem hat er ein Schnappmesser bei sich, er zeigt es ihr, und er hat sich einen Ledermantel aus dem Zweiten Weltkrieg gekauft, der reicht ihm bis an die Knöchel. Traude tut gelangweilt, wird aber unruhig und überlegt, was man unternehmen könnte. Sie zieht einen Bankeinbruch, eine Liebesaffäre mit dem Lokalbesitzer oder die totale Provokation Kühns bis hin zum Mord, zum Beispiel an ihr oder ihrem Hund, mitten im Lokal, in Betracht, sie verwirft alle diese Möglichkeiten.

„Die Kleine ist lieb . . .", sagt sie stattdessen gleichgültig und läßt ein paar Rauchringe zu Lila hinüberschweben, wodurch sie Kühn zwingt, Lila anzusehen, Lila überläuft es heiß und kalt.

Der Mensch denkt, Gott lenkt.

An einem scheußlichkalten, feuchten, nebligen Novembertag brechen sie zu einem Spaziergang auf.

Überall Krähen. Wo nicht Krähen, da Möwen. Das Gelände flach und kahl. Auf dem Bäumen kaum mehr Blätter. Es ist schaurig, wahrhaft schaurig.

Sie fahren per Straßenbahn, schwarz natürlich, zum Belvedere hinaus, es ist Traudes Idee, sie liebt solch feudal-dekadente Umgebung. „Zu absolut nix gut, aber wahnsinnig schön, IRRE schön!“ meint sie, sie schmückt ihre Rede neuerdings mit bundesdeutschen Einsprengseln.

Aus ihrer vorerst unschlüssigen Verfrorenheit heraus starten sie eine Verfolgungsjagd, der Hund macht den Anfang, indem er ein paar Krähen aufscheucht. Was Bewegung doch Spaß macht!

Sie kriegen gleich Seitenstechen, sie sind nichts gewohnt. Wenn sie aber etwas tun, dann total und bis zur Erschöpfung, sie schreien und schnappen nach Luft vor Lachen, die wenigen Parkbesucher reagieren verschreckt oder empört, rufen ihnen böse Worte nach, sie hören es nicht.

Aber plötzlich kommt Lila hinter einer Hecke hervorgeschossen, wo sie sich versteckt hatte, um den anderen aufzulauern, und prallt voller Wucht gegen eine behäbig einherwandelnde Dame. Beide fallen, Lila schreit auf und hält sich die Nase, Blut rinnt, die Dame zetert, Lila weint, Lila weint sehr.

Kühn, Traude und der Hund stehen unschlüssig und keuchend. Was macht man? Man kann Lila schließlich nicht einfach stehen lassen mit ihrer blutenden Nase, die Nase blutet stark.

Lila steht da und heult wie ein Schloßhund. Das Blut rinnt über ihren neuen imitierten Pelzkragen an der neuen englischen Tweedjacke, die schwarzen Strümpfe haben große Löcher, in denen Kiesel stecken, Lila weint und weint und weint, als wolle sie nie mehr aufhören, und sieht Kühn nicht an und Traude nicht an.

Da gehen Kühn und Traude gleichzeitig auf sie zu. Traude wischt Lila das Blut aus dem Gesicht und Kühn klaubt ihr die Kiesel aus den Strümpfen, sie nehmen Lila in die Mitte und bringen sie nach Hause, ja wirklich, das tun sie.

Freundschaft!

Bei Lila ist es gemütlich. Lila ist ungeheuer wärmebedürftig, schon gar, seit sie abnimmt, Lila hat also eingeheizt, und zwar kräftig. Darüber staunen Kühn und Traude, finden es aber nicht unangenehm. Stellen sich zum Ofen und reiben ihre Hände. Lila verschwindet im Bad. Kommt wieder und vermutet, daß die Nase gebrochen sei. Zumindest gesprengt. Zum Arzt? Ach wo, schief ist sie ja nicht, oder? Vielleicht ein wenig, man kann es nicht erkennen unter dem Blut, das jetzt schon eine Kruste gebildet hat, Gott sei Dank. Geschwollen ist sie jedenfalls, die Nase.

Lila legt sich auf die Couch, Traude zieht ihr die Strümpfe aus, Kühn legt ihr eine Decke drüber.

Allen fängt es an zu gefallen. Kühn sucht im Plattenregal nach etwas Spielbarem, Traude im Regal nach etwas Trinkbarem, beide finden nach einiger Suche Passables.

Inzwischen ist es finster geworden. Kühn geht und kommt mit drei Tüten Maroni zurück. Es wird zunehmend idyllisch.

Es entwickelte sich nach und nach das, was man allgemein unter „innige Freundschaft" versteht. Zwischen allen dreien. Von einem zum anderen. Von jedem zu beiden. Ein Gefühl der Zusammengehörigkeit, Verbundenheit. Man mochte nichts mehr ohne einander unternehmen. Jeder der drei war den anderen beiden mit einem Mal näherstehend als die vorherigen Freunde, sowieso meist eher flüchtige Bekanntschaften, die im Lokal aneinander vorbeizogen, manchmal ein paar Worte wechselnd.

Sie erzählten einander ihre Kindheit, ihre Gedanken, ihre Visionen der Zukunft. Ihre familiäre Lage war ähnlich, ihre finanzielle gleich, ihr Charakter und Temperament grundverschieden.

Behaupte einer, das könne nicht funktionieren, es funktionierte bestens. Schließlich waren sie andauernd beisammen. Sie überlegten sogar, ob es nicht angebracht wäre, nach einer gemeinsamen Behausung zu suchen. Der Plan wurde aber wieder aufgegeben, soviel Aktivität und vor allem: GELD! brachte keiner von ihnen auf.

Jedenfalls durchzogen sie miteinander die Stadt, unternahmen ausgedehnte Streifzüge von einem Beisel ins andere, lernten neue Menschen kennen, neue Ansichten, neue Aussichten.

Sie beschlossen endlich eine gemeinsame Reise.

Wohin reist man, wenn man über kaum etwas Geld verfügt, demnach nicht weit kommen kann, dennoch aber ganz woanders hin will? Nach Venedig.

Sie reisten also nach Venedig. Im Dezember. Heiligabend wollten sie da verbringen. Wo sonst, mit wem sonst. Ihre Familien hatten sie schon lang abgeschrieben. Mit solchen Kindern wollen die wenigsten Eltern zu tun haben. Oder sie wollen wohl, aber die Kinder legen keinen Wert darauf, daß sie wollen.

Sie fuhren nach Venedig.

Zur Liebe und was sich körperlich davon kundtut:

Beinahe nichts. Es ist eine stumme, zärtliche, jeden Tag tiefer werdende Zuneigung.

Kühn zum Beispiel getraut sich nicht, einen eindeutigen Anfang zu machen. Als Mann wäre ihm die Aktion eventuell früher zugekommen, aber solch veraltete Denkweise wird gar nicht erst in Betracht gezogen. Traude hat sich in dieser Hinsicht schließlich noch niemals Zwang angetan, und Lila als Vertreterin des feministischen Lagers hätte unbedingt die Rollenklischees durchbrechen müssen.

Aber keiner weiß so recht, was tun, also tut man lieber nichts. Unvermeidliche Berührungen werden ohne Scheu absolviert, das schon, doch gerade ihre übergroße Zuneigung macht sie vorsichtig.

Lila am ehesten mag überströmen vor Gefühl, in ihren Augen glitzert es verdächtig, und die neue Frisur, die eigenen blonden Naturlöckchen, von einer geschickten Friseurin wieder zum Vorschein gebracht, entspricht dem. Sie wirkt wie eine Figur aus einem Roman des achtzehnten oder neunzehnten Jahrhunderts, sie könnte ruhig in Musselin gekleidet gehen, wäre es Sommer. Traude dagegen läßt jetzt öfter als früher ihr herbes, ungeniertes Lachen hören. Manchmal überfällt dieses Lachen sie geradezu, und sie lacht, wie die russischen Großfürstinnen in Provinztheatern zu lachen pflegen, tief und dröhnend. Ihr Lachen wird üppiger, ebenso wie ihre Figur, das ist ihr egal, es gibt so urkomische Situationen plötzlich.

Und Kühn? Kühn versuchts immerhin mit Lächeln. Er schläft auch besser. Seine nervöse Unruhe jagt ihn nicht mehr in den Nächten ans Fenster, durch die Straßen, an Brückengeländer. Die Ringe unter den Augen verblassen, die bleiche Haut belebt sich, das steht ihm. Er läßt sich eine rote Strähne einfärben, aus einer plötzlichen Eingebung heraus, es ist die erste plötzliche Eingebung seines Lebens, der er ohne lang zu überlegen nachgibt. Kühn mit seiner roten Strähne wird so lauthals bewundert, daß Traude sich ebenfalls eine rote Strähne verpassen läßt. Kann Lila dem nachstehen? Selbstverständlich bekommt auch sie ein rotes Löckchen in ihren wuscheligen Blondkopf.

Der einundzwanzigste Dezember:

Die Pension heißt DELLA ROSA und ist eine der billigsten. Sie nehmen ein Zimmer zu dritt, das ist noch billiger, und gleich um die Ecke gibt es ein Lokal „zu den drei Krüppeln“, „TRE GOBBI“, dort essen sie zu Abend. Freilich sind die Preise phänomenal, aber wenn man schon in Venedig ist, dann ißt man auch gleich anständig, und sie essen, wie sich das in einem RISTORANTE gehört, ANTIPASTI, PRIMO und SECONDO, dann noch Käse und DOLCE, und sie trinken AMARO und VINO und GRAPPA und ESPRESSO.

Anschließend schlendern sie durch die von Touristen angenehm verlassenen Straßen. Die kleinen Brücken in der Dunkelheit, das Schlagen der Wellen gegen die bröckligen Fassaden, die Straßenlaternen mit ihrem rosa Licht im trüben Nebel machen sie melancholisch und froh zugleich.

Sie gehen nach Hause ins DELLA ROSA, es ist nicht einmal so zugig im Zimmer, wie sie das erwartet hatten. Venedig kann zwar sehr kalt sein, wie das Buch auf Kühns Nachttisch behauptet, aber alle drei schlafen, jeder in seinem Bett, wie die Götter, sofort und tief und durch und durch warm.

Der Zweiundzwanzigste:

Sie machen einen Abstecher nach Burano. Das Schiff braucht eine Weile für die Strecke, und eine ganze Weile sehen sie nichts als Meer und Nebel und ein paar morsche Pfeiler, die aus dem Wasser ragen. Als ihnen kalt wird, sie stehen natürlich im Freien, kuscheln sie sich eng aneinander wie ein paar Vögel, stecken die Hände in die Manteltaschen der anderen und reiben einander mit klammen Fingern die Wangen. Die wenigen Passagiere, hauptsächlich Buraner, rätseln. Wer ist nun die „eigentliche" Frau von dem und wie geht das überhaupt, das ist doch wohl sehr seltsam, nicht wahr? Aber deren Fantasie greift vor, so weit sind wir noch nicht.

Der Dreiundzwanzigste:

Es beginnt sich eine vieldeutige, beinah „gurrend" zu nennende Sprechweise breitzumachen, eine Art Sprechgesang, zu dem das Meer ein übriges tut, und die Märchenatmosphäre, und der Winter, vielleicht auch eine Spur weihnachtlicher Rührung. Die beiden Frauen jedenfalls werden zärtlich zu Kühn, Kühn wird zärtlich zu beiden, beide sind zärtlich miteinander. Man könnte nicht behaupten, daß er eine der beiden Frauen vorzieht, sie sind ihm beide gleich lieb, und die zwei neiden einander nichts, im Gegenteil, sie scheinen eher bemüht, vor allem die andere zum Zug kommen zu lassen.

Der Vierundzwanzigste:

Es regnet leicht, das Geld geht zu Ende, sie leisten sich eine letzte bescheidene Pizza und einen Liter Rot. Sie sind ziemlich durchfroren, als sie ins Zimmer zurückkommen. Morgen werden sie wieder heim müssen, aber so ist's eben, das Leben.

Sie sitzen dicht am Heizkörper und wärmen ihre kalten Zehen. Sie reiben die Füße aneinander, beginnen, spielerisch miteinander zu rangeln, zu balgen, sie necken und liebkosen einander, es ist ein Heidenspaß, und die Sehnsucht, die Sehnsucht der Körper wird unerträglich. Sie zerren einander die Kleider vom Leibe. Sie werfen sich in eines der Betten. Sie fallen übereinander her wie ausgehungert, sie küssen ununterbrochen drauflos, das heißt, Kühn küßt noch etwas ununterbrochener, was nur logisch ist. Nun sind sie an dem Punkt, von dem aus es kein Zurück mehr gibt. Warum auch soll es ein Zurück geben, es ist Heiliger Abend, die Luft zittert geradezu vor Heiligkeit. Im Haus ist es so besonders still, alle Haut ist so besonders warm, nicht mal zuzudecken braucht man sich.

Ihre Bewegungen und Gefühle schwingen im selben Rhythmus, sie denken alle drei das gleiche, nämlich nichts. Sie verschmelzen ganz einfach. Wie die Schneeflocken, die jetzt auf den leeren Markusplatz klatschen. Ihre Liebe ist einfach und groß, und reicht für drei. Sag einer, das gäb es nicht. Schließlich ist Heiliger Abend, und draußen liegt Venedig und schläft.

ROSWITHA ZAUNER

Flüchtige Begegnung

Elisabeth kommt atemlos in die Bahnhofshalle, vor dem Kiosk bleibt sie einen Moment unschlüssig stehen und weiß nicht recht, wohin sie weiterlaufen soll, dann sieht sie links hinten in Neonbuchstaben die Aufschrift „Bahnhofsrestaurant", sieht Licht durch die Glastüren und hofft, da jemanden zu finden, der ihr gegen zwei Rowdies beisteht. Sie läuft ein paar Schritte rückwärts, um zu kontrollieren, wie groß ihr Vorsprung ist, dabei stößt sie mit einer älteren Dame zusammen, die einen Reisekoffer in der Hand und einen Stapel Zeitschriften unterm Arm trägt.

„No, no, no, Obacht!"

Es ist schon passiert. Elisabeth hat den Ellbogen der Dame angerempelt, die Zeitschriften, obwohl sie nachzufassen versucht, entgleiten ihr und verteilen sich fächerförmig auf dem Boden.

„Können Sie nicht aufpassen!"

Elisabeth entschuldigt sich: „Tut mir leid."

„Sehen Sie, was Sie angerichtet haben!"

Die Dame kniet am Boden und rafft, so schnell sie kann, ihre Magazine zusammen. Elisabeth überlegt für eine Sekunde, ob sie helfen soll, dann schießt ihr durch den Kopf, daß sie keine Zeit verlieren dürfe, sie entschuldigt sich noch einmal und rennt die Halle hinunter zum Restaurant. Ihre Schritte klappern auf dem Pflaster, als wäre eine ganze Schulklasse auf der Flucht.

Inzwischen hat die Dame unter ständigen Seitenblicken ihre Lektüre so ziemlich wieder eingesammelt, sie steht auf und ist rot im Gesicht, wie ein Schulmädchen, das der Lehrer eben beim Schwindeln ertappt hat, denn was sie da so unter den Arm stopft, sind durchwegs Sexmagazine der verschiedensten Sorten, von „Lui“ bis „Penthouse“, nur außen als Blickfang, zur Tarnung sozusagen, plaziert sie eine unverfängliche Reiseillustrierte.

Während Elisabeth die Tür des Restaurants hinter sich schließt, sieht sie, wie die beiden Burschen die Halle betreten, stehenbleiben und sich umsehen.

„Wo ist sie?“

„Dort.“

„Wo?“

„Bist blind!“

Blacky deutet mit der Hand in die entsprechende Richtung und merkt erst jetzt, daß es die rechte ist, die verletzte, die blutende, sein Zorn entflammt aufs neue, er fühlt sich in seiner Rockerehre gekränkt. Warum läuft diese Gans nachts allein durch die Stadt, wenn sie sich dann aufführt wie die Heilige Jungfrau persönlich?! Im Grunde hatte er gar nicht erwartet, daß sie wirklich mitfährt, er hätte sich damit begnügt, sie anzumachen, sie einzuschüchtern, sie mit seiner Männlichkeit sozusagen in die Knie zu zwingen. Daß so eine Landpomeranze ihn anfällt wie ein tollwütiger Pinscher, das kann er einfach nicht auf sich sitzen lassen.

„Komm!“ Er packt Bert am Arm und zerrt ihn hinter sich her durch die Halle. „Geh! Schau nicht blöd!“

Das Bahnhofsrestaurant, ein langgestreckter, rechteckiger Raum, ist in einem Stil eingerichtet, der vor fünfzehn oder zwanzig Jahren einmal chic gewesen sein mag, mit viel Rosa und Beige, Stuhl- und Tischbeine aus Metall, Chromleuchten, große Reklametafeln an den Wänden, die für Bier, Coca Cola, für Fluglinien oder das Salzkammergut werben und an alte Filmplakate erinnern. Um diese Zeit ist kaum Betrieb. Ein Tisch ist von einer Gruppe Touristen besetzt, die einen Wall aus Koffern und Rucksäcken um sich aufgeschichtet haben, einen Tisch weiter ißt eine sehr elegante Frau ein Steak und verfüttert jeden zweiten Bissen an ihren sehr eleganten Cockerspaniel, der in der Farbe zu ihrem Pelzmantel paßt, ganz hinten, halb von einer Säule verdeckt, sitzt ein junger Mann. Er trägt ein braunes Schnürlsamtsakko, eine braune Krawatte, und er fällt auf, weil er seinen Oberkörper ein bißchen zu steif aufrichtet und aus den Augenwinkeln aufmerksam alles zu beobachten scheint, was in dem Raum vorgeht.

Elisabeth steht eine Weile unschlüssig an der Tür, ein Blick in die Halle überzeugt sie, daß die beiden Rocker noch nicht aufgegeben haben. Niemand, abgesehen von dem jungen Mann hinter der Säule, hat von ihr Notiz genommen, da faßt sie sich ein Herz, geht an dessen Tisch und spricht ihn an.

„Bitte . . . zwei Burschen verfolgen mich . . . bitte . . . darf ich mich zu Ihnen setzen?“ Vor Angst und vor Aufregung verschlägt es ihr fast die Stimme, es reicht gerade noch zu einem heiseren Flüstern.

Im Gesicht des jungen Mannes regt sich keine Miene, er schaut sie mit den gleichen großen, neugierigen Augen an wie zuvor, erstaunt, verwirrt, den Oberkörper steif, den Kopf schräg, leicht zurückgelehnt und sagt lange Zeit kein Wort. Elisabeth fürchtet, nicht verstanden worden zu sein, sie wirft einen kurzen Blick zum Eingang, jeden Augenblick müssen die beiden Verfolger dort auftauchen.

„So setzen Sie sich doch.“ Der junge Mann zeigt auf den Stuhl gegenüber. Seine Stimme ist leise und wirkt mißtrauisch wie seine Augen. Offensichtlich glaubt er ihr nicht.

Elisabeth nimmt sich nicht die Zeit, den Stuhl

zurechtzurücken, sie hockt auf der Kante und beugt sich weit über den Tisch: „Bitte . . . sprechen Sie mit mir. Wir . . . wir müssen so tun, als ob wir verabredet wären."

Als Blacky und Bert den Eingang zum Restaurant erreichen, sind sie überrascht.

„He, schau", Bert bemerkt sie als erster, „die Gurken hat ja wirklich ein Rendezvous!"

„Scheißdreck!"

Blackys Hand beginnt wieder zu schmerzen, er öffnet den Verband, das Halstuch, dick mit Blut verkrustet, ist endgültig verdorben, er wird es wegschmeißen müssen, dabei hat er es so gern getragen, wer weiß, ob er noch einmal eines auftreiben wird in diesem Gelb.

„Scheißdreck!"

Auf dem Ballen haben sich die Zähne des kleinen Luders tief ins Fleisch gedrückt, am Handrücken hängt die Haut in Fetzen weg. Die Finger beginnen steif zu werden, den Daumen kann er überhaupt nicht mehr bewegen, wie soll er jetzt die 50 PS seiner BMW R 80 ST im Zaum halten? Bert steht daneben und schaut blöd, am liebsten würde er ihm mit der gesunden Linken ein paar Haken an den Kinnwinkel setzen.

„Vorn am Eingang . . . die beiden . . .", Elisabeth spricht ganz leise, als hätte sie Angst, ihre Worte könnten durch die Glastür verstanden werden. „Nicht zu auffällig hinschauen!"

Der junge Mann bewegt nur die Augen ein wenig, aber er hat sie sicher längst gesehen. „Was sind das für Typen?"

„Keine Ahnung. Sie haben mich draußen vor dem Bahnhof einfach angestänkert."

„Kein Wunder."

Elisabeth versteht nicht.

„Naja, ich meine ... die Gegend rund um den Bahnhof ist gefährlich, wußten Sie das nicht, vor allem in der Nacht und besonders für ein Mädchen ..." – er lächelt – „für ein Mädchen, das so hübsch ist wie Sie."

Elisabeth senkt den Kopf, was sollte sie auch sagen? Sie kennt das, viele Männer, besonders ältere, werfen locker mit Komplimenten um sich, dann schmeißen sie sich heran und hoffen, schneller zum Ziel zu kommen, viele Frauen haben das gern. Sie halten es für Charme und, wie verlogen immer es auch sein mag, sie verdrehen die Augen und bemühen sich, den ganzen Schmus zu glauben. Elisabeth weiß, daß sie nicht besonders aussieht, daß sie „mit im Haufen rennt", wie man in Melching zu jemand sagt, der eben so Durchschnitt darstellt. Allerdings besteht auch kein Grund, allzu unzufrieden mit sich zu sein, sie ist klein, leidlich schlank, ihre Nase ist krumm und sicher zu lang, man merkt gleich, daß sie vom Land kommt, aber sie hat volles Haar, hübsche, kleine Brüste, und ihre Augen sind schon von den unterschiedlichsten Leuten gelobt worden. Vor ein paar Jahren, mit dreizehn, vierzehn, hat sie sich, wenn sie allein im Zimmer war, oft nackt vor den Spiegel gestellt, um sich von oben bis unten neugierig und kritisch zu kontrollieren. Inzwischen hat sie das aufgegeben, immer ist ihr Blick hängengeblieben an einem Fettpolster irgendwo, an den Fesseln, die ihr auf einmal zu dick vorgekommen sind, an einem Stück glasiger Haut an der Hüfte und so weiter, auf jeden Fall ist sie sich nachher häßlicher vorgekommen als zuvor, und das ist auch der Grund, warum sie leicht sauer reagiert auf so hingesagte Komplimente. Was soll das schon bedeuten: Für ein Mädchen, das so hübsch ist wie Sie? Wahrscheinlich hat er nichts anderes im Sinn als dieser Didi aus der Show-Schule, er möchte sie möglichst rasch und problemlos herumkriegen. Elisabeth ist ein bißchen enttäuscht.

„Darf ich Ihnen etwas bestellen?"

„Nein, nein. Danke." Elisabeth schaut zum Eingang und sieht die dunklen Schatten der beiden Rocker durch das Glas.

Der junge Mann hat den Blick bemerkt, wieder lächelt er. „Wie sollen die Kerle sonst glauben, daß wir verabredet sind?" Er winkt dem Kellner: „Jerzy, bitte!"

Jerzy ist ein Pole, er lümmelt im Hintergrund an der Theke, es ist ja nicht viel zu tun im Moment, bevor er an den Tisch kommt, zupft er sich den Frack zurecht, er ist stets darauf bedacht, zu zeigen, wie gut er ihn zu tragen versteht. Vermutlich ist das seine Reverenz an den kapitalistischen Westen.

„Was darf es denn sein, bitte?"

Der junge Mann wendet sich an Elisabeth: „Was hätten Sie gern?"

„Ich . . . äh . . . eigentlich gar nichts, ich . . . muß ja dann gleich wieder . . ."

Aber der junge Mann läßt sie nicht zu Ende reden. „Bringen Sie einen Gin Fizz, Jerzy."

Oja, er versteht es, denkt Elisabeth und schaut sich ihr Gegenüber heimlich genauer an. Bald wird er sagen, was für eine glückliche Fügung des Schicksals es war, die sie beide zusammengeführt hat, daß er immer schon auf ein Mädchen wie sie wartet und daß er zufällig eine hübsche kleine Wohnung . . . Nun ja, Elisabeth kann's egal sein, in ein paar Minuten ist die ganze Affäre beendet, die Rocker werden nicht ewig vor dem Restaurant lauern.

„Entschuldigen Sie, daß ich Ihnen Umstände

mache, ich ... habe den Burschen vorgelogen, daß ich verabredet sei, am Bahnhof ... mit einem Freund ..."

Der junge Mann lächelt wieder. Plötzlich streckt er die Hand über den Tisch: „Ich heiße Robert. Damit Sie wenigstens wissen, mit wem Sie verabredet sind. — Und Sie?"

„Bitte?" Elisabeth ist ein wenig verwirrt und versteht nicht gleich.

„Wie heißen Sie?"

„Hanika ... äh ... Elisabeth. Ich glaube, die Typen sind jetzt weg."

„Sieht so aus."

Durch die Glastür ist niemand zu erkennen, aber von Zeit zu Zeit gehen Leute vorüber, und es ist nicht auszumachen, ob es sich dabei nur um zufällige Reisende handelt oder um die beiden Motorradfahrer, die immer noch auf ihre Chance warten.

„Ich habe mich wirklich gefürchtet." Elisabeth hat das Gefühl, sich verteidigen zu müssen. „Wahrscheinlich haben sie mich nur einschüchtern wollen." Sie hebt den Kopf. „Es ist ihnen gelungen. — Sie haben mir mit ihren Motorrädern den Weg versperrt und wollten mich mit Gewalt auf den Sozius zerren. Dann habe ich einen von ihnen in die Hand gebissen, so bin ich entkommen. Ich bin ... aufs Geratewohl in den Bahnhof gelaufen, ich habe nicht gewußt, was ich machen soll."

„Sie haben genau das Richtige gemacht. Offensichtlich."

„Ja." Elisabeth steht auf. „Ja, scheint so. Dann werde ich jetzt wohl gehen. Ich meine, die zwei Rowdies haben sich inzwischen verzogen."

„Wo wohnen Sie?"

„In der Grattenstraße. Das ist ... gleich hinter

dem alten FLAK-Turm, wenn der Ihnen ein Begriff ist."

„Oje, liegt der nicht ganz am anderen Ende der Stadt?"

„Die U-Bahn-Station ist gleich in der Nähe. Entschuldigen Sie, daß ich Sie belästigt habe, danke für Ihre Hilfe." Elisabeth reicht ihm die Hand, er nimmt sie, bleibt aber sitzen.

„Und was wird aus Ihrem Gin Fizz?"

„Ich . . . ich möchte Sie nicht länger stören."

Robert hält Elisabeths Hand immer noch. „Nein, nein, ich hab Zeit." Mit einer Geste lädt er sie ein, sich wieder zu setzen, Elisabeth zögert einen Augenblick, wer weiß, ob die Burschen nicht doch noch vor dem Bahnhof lauern, dann nimmt sie Platz: „Sie warten auf den Zug?"

„Ja." Und nach einer Weile: „Null Uhr sieben. TEE 511. Nach Paris."

„Mmm, Paris . . ."

Elisabeth fällt auf, daß der junge Mann keinen Koffer bei sich hat. Er scheint ihren Blick gesehen zu haben: „O, das Gepäck . . . das gebe ich immer auf, ich hasse es, mich unnötig abzuschleppen." Dazu lächelt er wieder so glatt und so verdammt überlegen. „Außerdem, es ist ja bloß für ein, zwei Tage. Ich fahre nur so auf eine Spritztour nach Paris."

Er lächelt. Elisabeth lächelt auch. Sie wird aus dem Kerl nicht klug. Er hat eine ganz junge Ausstrahlung, ist aber sicher schon Mitte zwanzig oder drüber. Sein Gesicht ist glatt, blaß, bartlos, fein geschnitten. Die Augen, immer leicht zusammengekniffen, beobachten sehr genau, obwohl sie sich kaum bewegen, scheint ihnen nichts zu entgehen. Irgendwie fühlt Elisabeth sich kontrolliert, aber seltsamerweise stört es sie nicht. Robert trägt sein Haar kurz und sauber gescheitelt, wahrscheinlich steht er lange vor dem Spiegel. Er ist Ton in Ton — braun, hellbraun, braun, beige — gekleidet und benimmt sich wie ein Frauenheld in amerikanischen Filmen. Sein Verhalten zeigt deutlich Spuren von Überheblichkeit, von Arroganz, und Elisabeth begreift selbst nicht, woran es liegt, daß sie diesen Mann trotzdem interessant findet.

Unvermittelt steht der Kellner am Tisch: „Der Gin Fizz."

„Danke, Jerzy."

„Darf es sonst noch etwas sein?" Er stellt das Glas hin. „Gebäck vielleicht? Kuchen?"

Robert schaut Elisabeth an, sie schüttelt den Kopf.

„Später vielleicht?"

„Später vielleicht."

Der Kellner entfernt sich mit einer angedeuteten Verbeugung. Obwohl zwischen den beiden kein privates Wort gesprochen wurde, ist deutlich zu merken, daß er mit seinem Gast auf relativ vertrautem Fuß verkehrt.

Elisabeth nippt am Gin Fizz. Sie spielt mit ihren Fingerspitzen, hat den Kopf gesenkt, aber sie spürt, daß Robert sie beobachtet. Eine Weile sagt keiner ein Wort, dann beginnen sie beide gleichzeitig zu sprechen: „Sie sind . . ."

„Goethe, Schiller!" Robert lacht, „Eins, zwei, drei!"

Und wieder beide gleichzeitig: „Faust!"

Sein Lachen ist sympathisch, ein wenig traurig, aber sehr sympathisch, findet Elisabeth. Sie mag sein Lächeln nicht, weil es ölig wirkt, glatt, gespielt, aber wenn er lacht, zieht sich sein Gesicht in die Breite, es zeigt einen Ansatz zum Doppelkinn, an den Wangen formen sich kleine Grübchen links und rechts und die Augen verengen sich noch mehr, allerdings jetzt ohne irgend einen Ausdruck von Mißtrauen.

„Haben Sie sich schon etwas gewünscht, Elisabeth?"

Elisabeth nickt.

„Soll ich raten?"

„Das darf man auf keinen Fall sagen, sonst geht's nicht in Erfüllung. Außerdem würden Sie es eh nie herausbringen."

„Sie sind noch nicht lang hier?"

„Ja."

„Sie . . . kommen aus dem Westen."

„Stimmt. Woran erkennen Sie das?"

„Och, am Gesicht, an der Art, wie Sie sich geben, an der Stimme. In jeder Region sehen die Menschen ein bißchen anders aus und sie haben einen eigenen Sprachklang, ich glaube, ich hab ein ganz gutes Ohr dafür."

„Ich bin aus Melching."

„Genau in der Gegend hätte ich Sie angesiedelt."

Elisabeth kann ein leichtes Lachen nicht unterdrücken: „Tun Sie nicht so, als ob Sie das Nest kennen. Kein Mensch kennt Melching. Es ist ein kleines Dorf hinter . . ."

„Sattledt", setzt Robert fort, „Westbahn, umsteigen in Wels."

Elisabeth ist baff: „So ein Zufall, Sie stammen auch aus der Gegend?"

„Nein." Robert nimmt einen Schluck von seinem Kaffee. „Nein, Sie ziehen falsche Schlüsse. Ich . . . weiß nur zufällig Bescheid."

„Sie sind Vertreter!"

Robert lacht wieder, und er lacht wie einer, der gern lacht, aber selten. Sein Gesicht verändert sich völlig. „Nein, ich bin bestimmt kein Vertreter."

„Was ist daran so komisch? Ich dachte mir, weil

Sie sich so gut mit Zugsverbindungen auskennen. Ah, ich hab's — Sie sind Eisenbahner."

„Nein. Eisenbahner bin ich auch nicht. Ich kenne mich gut in den Zugsverbindungen aus, das stimmt, aber das hat nichts mit meinem Beruf zu tun."

„Sie reisen nur so zum Vergnügen?"

Robert nippt wieder von seinem Kaffee, über den Tassenrand schaut er Elisabeth in die Augen. „Ja."

So sehen sie also in Wirklichkeit aus! In den Filmen, in den Büchern haben die Show-Stars nie eine zermürbende Schule durchzustehen, findet der Held immer einen passenden Parkplatz, sind die Autos nie abgesperrt, und da gibt es diese Menschen, die einfach per Lust und Laune schnell einmal nach Paris fahren, und sie sind keine Vertreter und keine Eisenbahner. Elisabeth hat sich nie die Mühe gemacht, sich vorzustellen, wie das in der Realität funktioniert. Sie hat es hingenommen, wie das Schneewittchen oder die gute Fee aus den Kindergeschichten. Jetzt sitzt sie einem dieser Menschen tatsächlich gegenüber, und er ist eigentlich gar nicht anders als in den Filmen oder in den Büchern: elegant, höflich distanziert und ein wenig traurig. Elisabeth fängt an zu begreifen, warum ihr der junge Mann vom ersten Augenblick an so seltsam interessant vorgekommen ist.

Sie seufzt, und nach einer Weile sagt sie: „Das möchte ich auch . . ."

„Was?"

„Einfach nur so in der Welt herumreisen. Heute noch schnell nach Paris, zum Beispiel, wie Sie . . ."

„Können Sie. Mit dem TEE 511. Um Null Uhr sieben. Sie haben noch Zeit, es sich zu überlegen. Bahnsteig vier."

Elisabeth schaut auf die Uhr über der Theke. Es ist gerade halb zwölf vorbei.

„Ich komme gern zu früh auf den Bahnhof." Robert lächelt.

„Ist es Reisefieber?"

„Nein. Mache ich diesen Eindruck?"

Elisabeth schaut ihn an, schüttelt den Kopf: „Eigentlich nicht."

„Nein, es ist kein Reisefieber. Ich ... mag die Atmosphäre auf dem Bahnhof, ich sehe den Reisenden zu, wie sie ankommen, wie sie sich verabschieden, immer neue Gesichter. Ich versuche zu raten, wohin sie fahren. Und ich stelle mir die Städte vor."

Während er spricht, erklärt die blecherne Stimme aus dem Lautsprecher, daß der Transeuropaexpress aus Rom, TEE 316, über Verona, Trient, Innsbruck mit einer Verspätung von acht Minuten auf Bahnsteig drei ankommen werde.

Robert nimmt das Stichwort gleich auf: „Wenn ich Rom höre, zum Beispiel, dann sehe ich die Engelsbrücke vor mir, die Peterskirche, natürlich. San Giovanni in Laterano, die Caracallathermen ..."

„Sie sind wohl schon überall gewesen?"

„Jaja." Robert blickt auf, diesmal lächelt er nicht. „Reisen, das ist meine Art von Freiheit."

„Ich beneide Sie, wenn ich es mir leisten könnte ..."

„Wohin würden Sie zuerst fahren?"

„Wohin? Zuerst?" Elisabeth ist überrascht von der Frage, sie hat keine Antwort parat, also sagt sie: „Nach Istanbul. Nach Narvik. Oder vielleicht lieber nach San Remo." Sie ist verlegen, beißt sich auf die Unterlippe. „Ich bin blöd, ich weiß nicht einmal genau, wo das liegt."

„Mailand, Genua, Savona, Imperia, San Remo. Berühmt für die romanische Kirche San Siro aus dem dreizehnten Jahrhundert."

„Und für das Schlagerfestival."

„Haben Sie etwas mit dem Metier zu tun?"

Elisabeth trinkt aus. „Wie kommen Sie darauf?"

„Nun ja . . .", Robert lächelt, sein Mund kriegt einen ironischen Zug. „Wenn man aus Melching weggeht, tut man es, um sich die Welt zu erobern." Und dann: „Darf ich Ihnen noch einen Gin Fizz bestellen?"

Elisabeth steht auf. „Nein, danke, für mich wird es wirklich Zeit. Ich muß morgen früh aus den Federn." Sie zögert. „Darf ich Sie um etwas bitten, Robert?" Sie weiß nicht recht, wie sie es sagen soll: „Würden Sie mich . . . bis zur U-Bahn-Station begleiten?"

Damit hat Elisabeth nicht gerechnet, der junge Mann, der sich so weltmännisch, so souverän gibt, ist auf einmal verlegen, er wird blaß im Gesicht, er senkt den Blick und starrt auf seine Fingernägel. Ein Feigling, denkt Elisabeth, er hat Angst, das ist es, wie angeleimt sitzt er auf seinem Stuhl hinter der Säule und überlegt krampfhaft nach einer Ausrede, am liebsten, vermutlich, würde er eine Tarnkappe aufsetzen, um unsichtbar zu sein. Nach einer Weile hebt er den Kopf und sagt, ohne sie anzusehen: „Elisabeth, ich zahle Ihnen ein Taxi."

„Wie kämen Sie dazu, nein. Die Rowdies sind bestimmt schon weg." Sie wirft einen Blick auf die Uhr. „Eineinhalb Stunden, nein, so lange haben die nicht Geduld. Nett, daß Sie mir geholfen haben." Sie geht, nach einigen Schritten bleibt sie stehen und wendet sich kurz um: „Und vielen Dank für den Gin Fizz."

Die Autoren:

URSULA ADAM, geboren 1950 in Linz. Dr. phil., Psychologin. Lebt abwechselnd in Böckstein und Salzburg. 1981 Staatsstipendium für Literatur, Mitglied des PEN-Clubs und der Salzburger Autorengruppe.

Veröffentlichungen: in Literaturzeitschriften, Almanachen und Anthologien, „Die Zweitgeburt" (Roman, 1980).

GERHARD AMANSHAUSER, geboren 1928 in Salzburg, lebt in Salzburg.

Veröffentlichungen: „Aus dem Leben der Quaden" (1968), „Ärgernisse eines Zauberers" (1973), „Schloß mit späten Gästen" (1975) u. a.

GEORG BIRON, geboren 1958 in Wien. Schriftsteller und Journalist.

Veröffentlichungen: in Tageszeitungen, Zeitschriften, Männermagazinen und Anthologien; „Glück & Glas" (Gedichte, 1981), „Männer Männer Männer" (Edition S, 1986).

„Fleischmarkt" ist erstmals in dem Erzählband „Männer Männer Männer" erschienen.

LIVIA GETREIDER, geboren 1955 in Wien. 1975 Aufenthalt in Israel, anschließend Besuch der Europäischen Sekretärinnen-Akademie in Wien; Berufstätigkeit und Jusstudium.

CHRISTINE HAIDEGGER, geboren 1942 in Dortmund. Gründungsmitglied der Autorengruppe „PROJEKT-IL", Vorstandsmitglied der „Grazer Autorenversammlung" und der „Interessengemeinschaft Österreichischer Autoren". Lebt in Salzburg.

Veröffentlichungen: „Entzauberte Gesichte"

(Lyrik, 1974); „Zum Fenster hinaus. Eine Nachkriegskindheit“ (1979), „Adam Adam“ (Edition S, 1985).

MONIKA HELFER, geboren 1947 in Au/Vorarlberg. Lebt in Hohenems.
Veröffentlichungen: „Eigentlich bin ich im Schnee geboren“ (Erzählungen), „Die wilden Kinder“ (Roman), „MULO“ (Roman), Drehbücher und Hörspiele.

PAULUS HOCHGATTERER, geboren 1961 in Amstetten. Studium der Medizin und Germanistik in Wien, Promotion 1985, Arzt und Schriftsteller.
Veröffentlichungen: „Rückblickpunkte“ (Erzählung, 1983), Beiträge in Anthologien und Literaturzeitschriften.

BERNHARD HÜTTENEGGER, geboren 1948 in Rottenmann/Steiermark. Ausbildung zum Volksschullehrer, Studium der Germanistik und Geschichte in Graz.
Veröffentlichungen: „Reise über das Eis“ (1979), „Die sanften Wölfe“ (1982), „Der Glaskäfig“ (1985) u. a.

ERIKA MOLNY, geboren 1932 in Klagenfurt. Freie Journalistin und Schriftstellerin.
Veröffentlichungen: Drehbücher für das Fernsehen, dramatische Arbeiten, kabarettistische Beiträge für die Münchner „Lach- und Schießgesellschaft“, für die „Schmetterlinge“ und Erwin Steinhauer, Prosa in Zeitschriften und Zeitungen, „Bruchstücke“ (Edition S, 1984), „Man müßte mit jemandem reden können“ (Edition S, 1985), Lyrik in Anthologien und Literaturzeitschriften.

„Fremde" ist erstmals in dem Band „Der liebe Gott des Waldviertels" (Edition S, 1986) erschienen.

BARBARA NEUWIRTH, geboren 1958 in Eggenburg/Niederösterreich. Studium der Ethnologie in Wien.

Veröffentlichungen: in Anthologien des Wiener Frauenverlages („Aufschreiben", 1981; „Querflöte", 1984) und bei Suhrkamp („Phantastische Aussichten", 1985; „Phantastische Zeiten", 1986). Hg. der Anthologie erotischer Gedichte „Eisfeuer".

MANFRED PICHLER, geboren 1950 in Villach. Studium der Publizistik und Politikwissenschaft in Wien, Promotion 1975, Tätigkeit in der Erwachsenenbildung und Animateur in einem Jugendzentrum. Ab 1981 freier Journalist und Schriftsteller.

Veröffentlichungen: in verschiedenen Zeitungen und Zeitschriften, „Die Wolken der Wüste" (Roman, 1984).

THOMAS PLUCH, geboren 1934 in Klagenfurt. Freier Journalist und Schriftsteller, Mitglied der Redaktion der „Wiener Zeitung", stellvertretender Chefredakteur und Leiter der Beilagenredaktion.

Veröffentlichungen: Theaterstücke, Drehbücher für das Fernsehen (u. a. „Dorf an der Grenze", „Feuer!", „Der Aufstand") u. a.

JUTTA SCHUTTING, geboren 1937 in Amstetten. Freie Schriftstellerin, lebt in Wien.

Veröffentlichungen: „In der Sprache der Inseln" (Gedichte, 1973); „Parkmord" (Erzählungen, 1975); „Lichtungen" (Gedichte, 1976); „Sistiana" (1977), „Salzburg retour" (1978), „Liebesroman" (1983),

„Der Vater“ (1983), „Der Wasserbüffel“ (1984), „Das Herz eines Löwen“ (1985) u. a.

BRIGITTE SCHWAIGER, geboren 1949 in Freistadt/Oberösterreich. Studienaufenthalte in Wien und Spanien, studierte Malerei und Bildhauerei, Hörfunkregisseurin, freie Schriftstellerin.

Veröffentlichungen: Gedichte, Kurzgeschichten, Hörspiele, „Wie kommt das Salz ins Meer“ (Roman, 1977), „Mein spanisches Dorf“ (Erzählungen, 1978), „Lange Abwesenheit“ (1979), „Malstunde“ (1980), „Die Galizianerin“ (1982), „Der Himmel ist süß“ (1984).

ELISABETH WÄGER HÄUSLE, geboren in Rankweil/Vorarlberg. Freie Schriftstellerin, lebt in Wien. Theodor-Körner-Preis, Friedrich-Torberg-Hörspielpreis.

Veröffentlichungen: „Annas Häuser“ (Roman, 1979), „Ich hab dich, du hast mich“, „Frau B. lernt sprechen“, „Keine Solidarität mit Anna“, „Haut der Anaconda“, „Eine Geschichte vom Fräulein Helene“ (Hörspiele), Lyrik, Prosa.

REINHARD WEGERTH, geboren 1950 in Neudorf/Niederösterreich. Studium an der Universität Wien, Promotion 1975. Freier Schriftsteller und Verlagslektor.

Veröffentlichungen: Geschichten und Hörspiele, „Der große grüne Atemstreik“ (Edition Junge Literatur, 1985).

„Der Mantel Vergißmeinnicht“ wurde für diese Auswahl vom Autor leicht gekürzt und ist erstmals 1985 in „Der große grüne Atemstreik“ erschienen.

ANDREA WOLFMAYR, geboren 1953 in Gleisdorf. Studium an der Musikakademie, Germanistik und Kunstgeschichte. Buchhändlerin und Schriftstellerin.

Veröffentlichungen: „Spielräume“ (Roman, 1981), „Eins zwei drei — wir sind dabei“ (Kinderbuch), „Mädchen dürfen pfeifen, Buben dürfen weinen“ (1982), Kurzprosa.

ROSWITHA ZAUNER, geboren 1938 in Peuerbach/Oberösterreich. Verschiedene Berufe, seit 1965 freie Schriftstellerin. Theodor-Körner-Preis, Kulturpreis des Landes Oberösterreich u. a.

Veröffentlichungen: „Meine Liebe — mein Land“ (Gedichte), „Wenn ich deine Honda wäre“ (Gedichte), Hörspiele, Kinder- und Jugendstücke.